你坐在船上，应该是游山的态度，看看四周物色，随处可见的山，岸旁的乌桕，河边的红蓼和白苹，渔舍，各式各样的桥，困倦的时候睡在舱中拿出随笔来看，或者冲一碗清茶喝喝。

——《乌篷船》

掇得氄萊置竈頭處
中夜閧是何由老夫剔起
油鐙火照見人間鼠可憐
白石并題句

茶道的意思，用平凡的话来说，可以称作"忙里偷闲、苦中作乐"，在不完全的现实享一点美与和谐，在刹那间体会永久，是日本这"象征的文化"里的一种代表艺术。

——《喝茶》

倘仇野之露没有消时，鸟部山之烟也无起时，人生能够常住不灭，恐世间将更无趣味。人世无常，倒正是很妙的事罢。

——《徒然草译文》

世人总常有人很热心的想攀住过去，
也常有人热心的想攫得他们所想象的未来。
但是明智的人站在二者之间，能同情于他们，
却知道我们是永远在于过渡时代。

——《夜读抄》

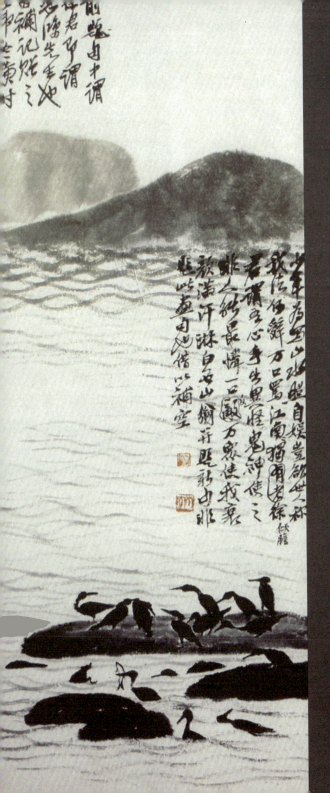

煮豆微撒以盐而给人吃之，岂必要索厚偿，来生以百豆报我，但只愿有此微末情分，相见时好生看待，不至伥伥来去耳。

——《结缘豆》

大家都是可怜的人间。

——《绝交信》

清欢

浮生难得是

周作人 著

天津出版传媒集团

天津人民出版社

图书在版编目（CIP）数据

浮生难得是清欢 / 周作人著. —— 天津：天津人民
出版社, 2019.6
ISBN 978-7-201-14667-6

Ⅰ.①浮… Ⅱ.①周… Ⅲ.①散文集 – 中国 – 现代
Ⅳ.①I266

中国版本图书馆CIP数据核字（2019）第083491号

浮生难得是清欢
FUSHENG NANDE SHI QINGHUAN

出　　　版	天津人民出版社	
出 版 人	刘　庆	
地　　　址	天津市和平区西康路35号康岳大厦	
邮政编码	300051	
邮购电话	（022）23332469	
网　　　址	http://www.tjrmcbs.com	
电子邮箱	tjrmcbs@126.com	
责任编辑	陈　烨	
策划编辑	李东旭	
装帧设计	仙　境	
制版印刷	朗翔印刷（天津）有限公司	
经　　　销	新华书店	
开　　　本	880×1230毫米　1/32	
印　　　张	8.25	
字　　　数	120千字	
版次印次	2019年6月第1版　2019年6月第1次印刷	
定　　　价	46.00元	

编者序

　　周作人（1885—1967），原名槐寿，字星杓，又名启明、启孟、起孟，笔名遐寿、仲密、岂明，号知堂、药堂、独应等。鲁迅（周树人）之弟。浙江绍兴人。中国现当代著名散文家、文学理论家、评论家、诗人、翻译家、思想家，中国民俗学开拓人。

　　周作人是"五四"新文化运动最有影响的代表人物之一，他的贡献除了翻译之外，主要是小品文创作："五四"以后，周作人作为《语丝》周刊的主编和主要撰稿人之一，写了大量散文，风格平和冲淡，清隽幽雅。在他的影响下，20年代形成了包括俞平伯、废名等作家在内的散文创作流派。他的理论主张和创作实践在社会上产生了很大影响，可说是中国散文的一个高峰。

　　时至今日，周作人依然是个充满争议的人物，尤其是在他出任伪职之后，但依据"人归人，文归文"的共识，我们发现在回顾中国近现代散文的历史时，他的小品文创作是无法回避的。

这本选集是以1932年上海开明书店出版的各版周作人的专著为底本，并以其他出版社的各版本为参考，主要收录了周作人一生中最具代表性的数十篇散文，内容丰富，极具典型性。

　　在编辑过程中，我们除改正了工作底本中的一些错漏之外，对于语法、外国人名及各种专有名词等，均未加修改，最大程度地保留了原文的面貌。

　　除此之外，我们还对书中的相关引文做了勘校，并加入适当的注释，以期读者能够有更好的阅读体验。

　　当然，由于时间仓促，加上我们能力有限，书中不可避免地会有一些疏忽之处，希望广大读者不吝指教。

CONTENTS / 目 录

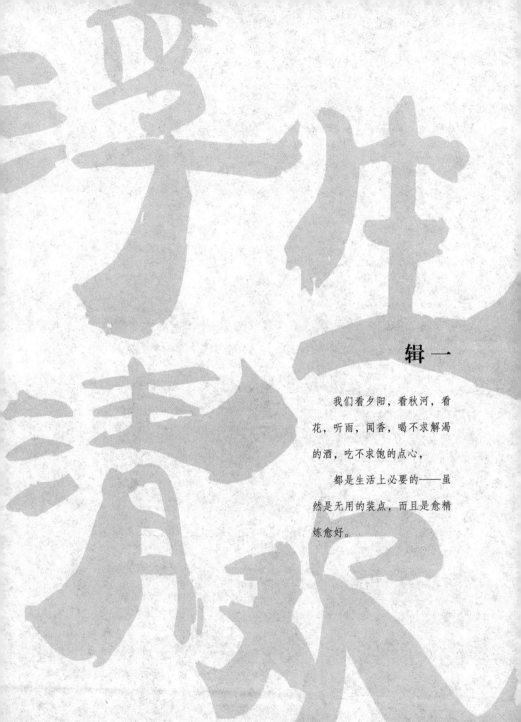

辑一

我们看夕阳，看秋河，看花，听雨，闻香，喝不求解渴的酒，吃不求饱的点心，

都是生活上必要的——虽然是无用的装点，而且是愈精炼愈好。

生活之艺术

1924年11月17日刊《语丝》1期。

契诃夫（Chekhov）书简集中有一节道（那时他在爱珲附近旅行）：

我请一个中国人到酒店里喝烧酒，他在未饮之前举杯向着我和酒店主人及伙计们，说道"请"。这是中国的礼节。他并不像我们那样的一饮而尽，却是一口一口的啜，每啜一口，吃一点东西；随后给我几个中国铜钱，表示感谢之意。这是一种怪有礼的民族。……

一口一口的啜，这的确是中国仅存的饮酒的艺术：干杯者不能知酒味，泥醉者不能知微醺之味。中国人对于饮食还知道一点享用之术，但是一般的生活之艺术却早已失传了。中国生活的方式现在只是两个极端，非禁欲即是纵欲，非连酒字都不准说即是浸身在酒槽里，二者互相反动，各益增长，而其结果则是同样的污糟。动物的生活本有自然的调节，中国在千年以前文化发达，一时颇有臻于灵肉一致之象，后来为禁欲思想所战胜，变成现在这样的生活，无自由，无节制，一切在礼教的面具底下实行迫压与放恣，实在所谓礼者早已消灭无存了。

生活不是很容易的事。动物那样的，自然地简易地生活，是其一法；把生活当作一种艺术，微妙地美地生活，又是一法：二者之外别无道路，有之则是禽兽之下的乱调的生活了。生活之艺术只在禁欲与纵欲的调和。蔼理斯对于这个问题很有精到的意见，他排斥宗教的禁欲主义，但以为禁欲亦是人性的一面，欢乐与节制二者并存，且不相反而实相成。人有禁欲的倾向，即所以防欢乐的过量，并即以增欢乐的程度。他在《圣芳济与其他》一篇论文中曾说道：

> 有人以此二者（即禁欲与耽溺）之一为其生活之唯一目的者，其人将在尚未生活之前早已死了。有人先将其一（耽溺）推至极端，再转而之他，其人才真能了解人生是什么，日后将被记念为模范的高僧。但是始终尊重这二重理想者，那才是知生活法的明智的大师。……一切生活是一个建设与破坏，一个取进与付出，一个永远的构成作用与分解作用的循环。要正当地生活，我们须得模仿大自然的豪华与严肃。

他又说过，"生活之艺术，其方法只在于微妙地混和取与舍二者而已"，更是简明的说出这个意思来了。

生活之艺术这个名词，用中国固有的字来说便是所谓礼。斯谛耳博士在《仪礼》序上说："礼节并不单是一套仪式，空虚无用，如后世所沿袭者。这是用以养成自制与整饬的动作之习惯，唯有能领解万物感受一切之心的人才有这样安详的容止。"从前听说辜鸿铭先生批评英文《礼记》译名的不妥当，以为"礼"不是Rite而是Art，当时觉得有点乖僻，其实却是对的，不过这是指本来的礼，后来的礼仪礼教都是堕落了的东西，不足当这个称呼了。中国的礼早已丧失，只有如上文所说，还略存于茶酒之间而已。

中国现在所切要的是一种新的自由与新的节制，去建造中国的新文明，这些话或者说的太大太高了，但据我想舍此中国别无得救之道，宋以来的道学家的禁欲主义总是无用的了，因为这只足以助成纵欲而不能收调节之功。其实这生活的艺术在有礼节重中庸的中国本来不是什么新奇的事物，如《中庸》的起头说，"天命之谓性，率性之谓道，修道之谓教"，照我的解说即是很明白的这种主张。不过后代的人都只拿去讲章旨节旨，没有人实行罢了。我不是说半部《中庸》可以济世，但以表示中国可以了解这个思想。日本虽然也很受到宋学的影响，生活上却可以说是承受平安朝的系统，还有许多唐代的流风馀韵，因此了解生活之艺术也更是容易。在许多风俗上日本的确保存这艺术的色彩，为我们中国人所不及，但由道学家看来，或者这正是他们的缺点也未可知罢。

十三年十一月

北京的茶食

1924年3月18日刊《晨报副镌》。

  在东安市场的旧书摊上买到一本日本文章家五十岚力的《我的书翰》，中间说起东京的茶食店的点心都不好吃了，只有几家如上野山下的"空也"，还做得好点心，吃起来馅和糖及果实浑然融合，在舌头上分不出各自的味来。想起德川时代江户的二百五十年的繁华，当然有这一种享乐的流风馀韵留传到今日，虽然比起京都来自然有点不及。北京建都已有五百馀的之久，论理于衣食住方面应有多少精微的造就，但实际似乎并不如此，即以茶食而论，就不曾知道什么特殊的有滋味的东西。固然我们对于北京情形不甚熟悉，只是随便撞进一家饽饽铺里去买一点来吃，但是就撞过的经验来说，总没有很好吃的点心买到过。难道北京竟是没有好的茶食，还是有而我们不知道呢？这也未必全是为贪口腹之欲，总觉得住在古老的京城里吃不到包含历史的精炼的或颓废的点心是一个很大缺陷。北京的朋友们，能够告诉我两三家做得上好点心饽饽铺么？

我对于二十世纪的中国货色，有点不大喜欢，粗恶的模仿品，美其名曰国货，要卖得比外国货更贵些。新房子里卖的东西，便不免都有点怀疑，虽然这样说好像遗老的口吻，但总之关于风流享乐的事我是颇迷信传统的。我在西四牌楼以南走过，望着"异馥斋"的丈许高的独木招牌，不禁神往，因为这不但表示他是义和团以前的老店，那模糊阴暗的字迹又引起我一种焚香静坐的安闲而丰腴的生活的幻想。我不曾焚过什么香，却对于这件事很有趣味，然而终于不敢进香店去，因为怕他们在香合上已放着花露水与日光皂了。我们于日用必需的东西以外，必须还有一点无用的游戏与享乐，生活才觉得有意思。我们看夕阳，看秋河，看花，听雨，闻香，喝不求解渴的酒，吃不求饱的点心，都是生活上必要的——虽然是无用的装点，而且是愈精炼愈好。可怜现在的中国生活，却是极端地干燥粗鄙，别的不说，我在北京彷徨了十年，终未曾吃到好点心。

十三年二月

立春以前

春天固然自来,

老百姓也只是表示他的一种希望,

田家谚云,

五九四十五,

穷汉街头舞,

是也。

我很运气,诞生于前清光绪甲申冬季之立春以前。甲申这一年在中国史上不是一个好的年头儿,整三百年前流寇进北京,崇祯皇帝缢死于煤山,六十年前有马江之役,事情虽然没有怎么闹大,但是前有咸丰庚申之烧圆明园,后有光绪庚子之联军入京,四十年间四五次的外患,差不多甲申居于中间,是颇有意思的一件事。我说运气,便即因为是生于此年,尝到了国史上的好些苦味,味虽苦却也有点药的效用,这是下一辈的青年朋友所没有得到过的教训,所以遇见这些晦气也就即是运气。我既不是文人,更不会是史家,可是近三百年来的史事从杂书里涉猎得来，占据了我头脑的一隅，这往往使得我的意见不能与时式相合，自己觉得也很惶恐，可以说是给了我一种障碍，但是同时也可以说是帮助，因为我相信自己所知道的事理很不多，实在只是一部分常识，而此又正是其中之一分子，有如吃下石灰质去，既然造成了我的脊梁骨，在我自不能不加以珍重也。

其次我觉得很是运气的是，在故乡过了我的儿童时代。在辛丑年往南京当水兵去以前，一直住在家乡，虽然其间有过两年住在杭州，但是风土还是与绍兴差不多少，所以其时虽有离乡之感，其实仍与居乡无异也。本来已是破落大家，本家的景况都不大好，不过故旧的乡风还是存在，逢时逢节的行事仍旧不少，这给我留下一个很深的印象。自冬至春这一段落里，本族本房都有好些事要做，儿童们参加在内，觉得很有意思，书房放学，好吃好玩，自然也是重要的原因。这从冬至算起，祭灶，祀神，祭祖，过年拜岁，逛大街，看迎春，拜坟岁，随后跳到春分祠祭，再下去是清明扫墓了。这接连的一大串，很有点劳民伤财，从前讲崇俭的大人先生看了，已经要摇头，觉得大可不必如此铺张，如以现今物价来计算，一方豆腐四块钱，那么这靡费更是骇人听闻，幸而从前也还可以将就过去，让我在旁看学了十几年，着实给了我不少益处。简单的算来，对于鬼神与人的接待，节候之变换，风物之欣赏，人事与自然各方面之了解，都由此得到启示，我想假如那十年间关在教室里正式的上课，学问大概可以比现在多一点吧，然而这些了解恐怕要减少不少了。这一部分知识，在乡间花了很大的工夫学习来的，至今还是于我很有用处，许多岁时记与新年杂咏之类的书我也还是爱读不置。

上边所说冬季的节候之中，我现在只提出立春来说，这理由是很简单的，因为我说诞生于立春以前，而现今也正是这时节，至于今年是甲申，我又正在北京，那还是不大成为理由的理由。说到这里，我想起别的附带的一个原因，这便是我所受的古希腊人对于春的观念之影响。这里又可以分开来说，第一是希腊春祭的仪式。我涉猎杂书，看中了弗来若博士哈理孙女士讲古代宗教的著作，其中有《古代艺术和仪式》一册小书，给我作希腊悲剧起源的参考，很是有用，其说明从宗教转变为艺术的过程又特别觉得有意义。话似乎又得说回去。《礼运》云：

"饮食男女，人之大欲存焉，死亡贫苦，人之大恶存焉。"古今中外人情都不相远，各民族宗教要求无不发生于此。哈理孙女士在《希腊神话论》的引言里说：

宗教的冲动单向着一个目的，即是生命之保存与发展。宗教用两种方法去达到这个目的，一是消极的，除去一切于生命有害的东西，一是积极的，招进一切于生命有利的东西。全世界的宗教仪式不出这两种，一是驱除的，一是招纳的。饥饿与无子是人生的最重要的敌人，这个他要设法驱逐他。食物与多子是他最大的幸福。希伯来语的福字原意即云好吃。食物与多子这是他所想要招进来的。冬天他赶出去，春夏他迎进来。

因此无论天上或地下是否已有天帝在统治着，代表生命之力的这物事在人民中间总是极被尊重，无论这是春，是地，是动植物，或是女人。西亚古文明国则以神人当之，叙利亚的亚陀尼斯，弗吕吉亚的亚帖斯，埃及的阿施利斯皆是，忒拉开的迭阿女索斯后起，却盛行于希腊，由此祭礼而希腊悲剧乃以发生，神人初为敌所杀，终乃复生，象征春天之去而复返，一切生命得以继续，故其礼式先号咷而后笑。中国人民驱邪降福之意本不后人，唯宗教情绪稍为薄弱，故无此种大规模的表示，但对于春与阳光之复归则亦深致期待，只是多表现在节候上，看不出宗教的形式与意味耳。冬至是冬天的顶点，民间于祭祖之外又特别看重，语云，冬至大如年，其前夕称为冬夜，与除夕相并，盖为其是季节转变之关捩也。立春有迎春之仪式，其意义与各民族之春祭相同，不过中国祀典照例由政府举办，民众但立于观众的地位，仪式已近于艺术化，而春官由乞丐扮演，末了有打板子脱晦气之说，则更流入滑稽，唯民间重视立春的感情也还是存在，如前一日特称之曰交春，又推排八字者定年分以立春为准则，假如生于新正而在立春之前，则仍不算是改岁。由此可知春的意义在中国也比新年为重大，老百姓念诵九九等候寒冬的过去，最后云，九九八十一，犁耙一齐出，欢喜之情如见，此盖是农业国民之常情，不分今昔者也。但是乡间又有一句俗语云，春梦如狗屁。冬夜的梦特别有效验，一过立春便尔如此，殊不可解，岂以春气发动故，乱梦颠到，遂悉虚妄不实欤。

希腊人对于春的观念我觉得喜欢的，第二是季节影响的道德观。这里恐怕没有绝对的真理，只是由环境而生的自然的结论，假如我们生在严寒酷暑，或一年一日夜的那种地方，感想当然另是一样，只有在中国或希腊，四时正确的迭代，气候平均的变化，这才感觉到他仿佛有意义，把他应用到人生上来。中国平常多讲五行，这个我很有点讨厌，但是如孔子所说，四时行焉，百物生焉，天何言哉，却觉得颇有意思，由此引伸出儒家的中庸思想来，倒也极是自然，这与希腊哲人的主张正相合，盖其所根据者亦相同也。人民看见冬寒到了尽头，渐复暖过来，觉得春天虽然死去，却总能复活，不胜欣喜，哲人则因了寒来暑往而发现盛极必衰之理，冬既极盛，春自代兴，以此应用于人生，故以节为至善，纵为大过，而以格言总之则曰勿为已甚。此在中国亦正可通用，大抵儒道二家于此意见一致，推之于民间一般莫不了解此义，由于教训之传达者半，由于环境之影响盖亦居其半也。老子曰，飘风不终朝，骤雨不终日。鄙人甚喜此语，但是此亦须以经历为本，如或山陬海隅，天象有特殊者，则将不能理会，而其主张或将相反也未可料。昔者赫洛陀多斯著《史记》，记希腊波斯之战，波斯败绩，都屈迭台斯继之，记雅典斯巴达之战，雅典败绩，在史家之意皆以为由于犯了纵肆之过，初不外波斯而内雅典，特别有什么曲笔，此种中正的态度真当得史家之父的称号，若其意见不知学者以为如何，在鄙人则觉得殊有意趣，深与鄙怀相合者也。

上边的话说的有点凌乱，但总可以说明了因了家乡以及外国的影响，对于春天我保有着农业国民共通的感情。春天与其力量何如，那是青年们所关心的问题，这里不必多说，在我只是觉得老朋友又得见面的样子，是期待也是喜悦，总之这其间没有什么恋爱的关系。天文学家曰，春打六九头，冬至后四十五日是立春，反正一定的。这是正话，但是春天固然自来，老百姓也只是表示他的一种希望，田家谚云，五九四十五，穷汉街头舞，是也。我不懂诗，说不清中国诗人对于春的感情如何，如有祈望春之复归说得如此深切者，甚愿得一见之，匆促无可考问，只得姑且阁起耳。

中秋的月亮

等到月亮渐渐的圆了起来，

它的形相也渐和善了，

望前后的三天光景几乎是一位富翁的脸，

难怪能够得到许多人的喜悦，

可是总是有一股冷气，

无论如何还是去不掉的。

敦礼臣著《燕京岁时记》云："京师之曰八月节者，即中秋也。每届中秋，府第朱门皆以月饼果品相馈赠，至十五月圆时，陈瓜果于庭以供月，并祝以毛豆鸡冠花。是时也，皓魄当空，彩云初散，传杯洗盏，儿女喧哗，真所谓佳节也。惟供月时，男子多不叩拜，故京师谚曰，男不拜月，女不祭灶。"

此记作于四十年前，至今风俗似无甚变更，虽民生凋敝，百物较二年前超过五倍，但中秋吃月饼恐怕还不肯放弃，至于赏月则未必有此兴趣了罢。本来举杯邀月这只是文人的雅兴，秋高气爽，月色分外光明，更觉得有意思，特别定这日为佳节，若在民间不见得有多大兴味，大抵就是算账要紧，月饼尚在其次。

我回想乡间一般对于月亮的意见，觉得这与文人学者的颇不相同。普通称月曰月亮婆婆，中秋供素月饼水果及老南瓜，又凉水一碗，妇孺拜毕，以指蘸水涂目，祝曰眼目清凉。相信月中有娑婆树，中秋夜有一枝落下人间，此亦似即所谓月华，但不幸如落在人身上，必成奇疾，或头大如斗，必须豁开，乃能取出宝物也。

月亮在天文中本是一种怪物，忽圆忽缺，诸多变异，潮水受它的呼唤，古人又相信其与女人生活有关。更奇的是与精神病者也有微妙的关系，拉丁文便称此病曰月光病，仿佛与日射病可以对比似的。这说法现代医家当然是不承认了，但是我还有点相信，不是说其间隔发作的类似，实在觉得月亮有其可怕的一面，患怔忡的人见了会生影响，正是可能的事罢。

好多年前夜间从东城回家来，路上望见在昏黑的天上挂着一钩深黄的残月，看去很是凄惨，我想我们现代都市人尚且如此感觉，古时原始生活的人当更如何？住在岩窟之下，遇见这种情景，听着豺狼嗥叫，夜鸟飞鸣，大约没有什么好的心情，——不，即使并无这些禽兽骚扰，单是那月亮的威吓也就够了，它简直是一个妖怪，别的种种异物喜欢在月夜出现，这也只是风云之会，不过跑龙套罢了。

等到月亮渐渐的圆了起来，它的形相也渐和善了，望前后的三天光景几乎是一位富翁的脸，难怪能够得到许多人的喜悦，可是总是有一股冷气，无论如何还是去不掉的。只恐"琼楼玉宇，高处不胜寒"，东坡这句词很能写出明月的精神来，向来传说的忠爱之意究竟是否寄托在内，现在不关重要，可以姑且不谈。总之我于赏月无甚趣味，赏雪赏雨也是一样，因为对于自然还是畏过于爱，自己不敢相信已能克服了自然，所以有些文明人的享乐是于我颇少缘分的。中秋的意义，在我个人看来，吃月饼之重要殆过于看月亮，而还账又过于吃月饼，然则我诚犹未免为乡人也。

苦雨

1924 年 7 月 22 日刊《晨报副镌》。

伏园兄：

北京近日多雨，你在长安道上不知也遇到否，想必能增你旅行的许多佳趣。雨中旅行不一定是很愉快的，我以前在杭沪车上时常遇雨，每感困难，所以我于火车的雨不能感到什么兴味，但卧在乌篷船里，静听打篷的雨声，加上欸乃的橹声以及"靠塘来，靠下去"的呼声，却是一种梦似的诗境。倘若更大胆一点，仰卧在脚划小船内，冒雨夜行，更显出水乡住民的风趣，虽然较为危险，一不小心，拙劣地转一个身，便要使船底朝天。二十多年前往东浦吊先父的保姆之丧，归途遇暴风雨，一叶扁舟在白鹅似的波浪中间滚过大树港，危险极也愉快极了。我大约还有好些"为鱼"时候——至少也是断发文身时候的脾气，对于水颇感到亲近，不过北京的泥塘似的许多"海"实在不很满意，这样的水没有也并不怎么可惜。你往"陕半天"去似乎要走好几天的准沙漠路，在那时候倘若遇见风雨，大约是很舒服的，遥想你胡坐骡车中，在大漠之上，大雨之下，喝着四打之内的汽水，悠然进行，可以算是"不亦快哉"之一。但这只是我的空想，如诗人的理想一样地靠不住，或者你在骡车中遇雨，很感困难，正在叫苦连天也未可知，这须等你回京后问你再说了。

我住在北京，遇见这几天的雨，却叫我十分难过。北京向来少雨，所以不但雨具不很完全，便是家屋构造于防雨亦欠周密。除了真正富翁以外，很少用实垛砖墙，大抵只用泥墙抹灰敷衍了事。近来天气转变，南方酷寒而北方淫雨，因此两方面的建筑上都露出缺陷。一星期前的雨把后园的西墙淋坍，第二天就有"梁上君子"来摸索北房的铁丝窗，从次日起赶紧邀了七八位匠人，费两天工夫，从头改筑，已经成功十分八九，总算可以高枕而卧，前夜的雨却又将门口的南墙冲到二三丈之谱。这回受惊的可不是我了，乃是川岛君"佢们"俩，因为"梁上君子"如再见光顾，一定是去躲在"佢们"的窗下窃听的了。为消除"佢们"的不安起见，一等天气晴正，急须大举地修筑，希望日子不至于很久，这几天只好暂时拜托川岛君的老弟费神代为警护罢了。

前天十足下了一夜的雨，使我夜里不知醒了几遍。北京除了偶然有人高兴放几个爆仗以外，夜里总还安静，那样哗喇哗喇的雨声在我的耳朵已经不很听惯，所以时常被它惊醒，就是睡着也仿佛觉得耳边粘着面条似的东西，睡的很不痛快。还有一层，前天晚间据小孩们报告，前面院子里的积水已经离台阶不及一寸，夜里听着雨声，心里胡里胡涂地总是想水已上了台阶，浸入西边的书房里了。好容易到了早上五点钟，赤脚撑伞，跑到西屋一看，果然不出所料，水浸满了全屋，约有一寸深浅，这才叹了一口气，觉得放心了；倘若这样兴高采烈地跑去，一看却没有水，恐怕那时反觉得失望，没有现在那样的满足也说不定。幸而书籍都没有湿，虽然是没有什么价值的东西，但是湿成一饼一饼的纸糕，也很是不愉快。现今水虽已退，还留下一种涨过大水后的普通的臭味，固然不能留客坐谈，就是自己也不能在那里写字，所以这封信是在里边炕桌上写的。

这回的大雨，只有两种人最是喜欢。第一是小孩们。他们喜欢水，却极不容易得到，现在看见院子里成了河，便成群结队地去"淌河"去。赤了足伸到水里去，实在很有点冷，但他们不怕，下到水里还不肯上来。大人见小孩们玩的很有趣，也一个两个地加入，但是成绩却不甚佳，那一天里滑倒了三个人，其中两个都是大人，——其一为我的兄弟，其一是川岛君。第二种喜欢下雨的则为虾蟆。从前同小孩们往高亮桥去钓鱼钓不着，只捉了好些虾蟆，有绿的，有花条的，拿加来都放在院子里，平常偶叫几声，在这几天里便整日叫唤，或者是荒年之兆罢，却极有田村的风味。有许多耳朵皮嫩的人，很恶喧嚣，如麻雀虾蟆或蝉的叫声，凡足以妨碍他们的甜睡者，无一不痛恶而深绝之，大有欲灭此而午睡之意。我觉得大可以不必如此，随便听听都是很有趣味的，不但是这些久成诗料的东西，一切鸣声其实都可以听。虾蟆在水田里群叫，深夜静听，往往变成一种金属音，很是特别，又有时仿佛是狗叫，古人常称蛙蛤为吠，大约也是从实验而来。我们院子里的虾蟆现在只见花条的一种，它的叫声更不漂亮，只是格格格这个叫法，可以说是革音，平常自一声至三声，不会更多，唯在下雨的早晨，听它一口气叫上十二三声，可见它是实在喜欢极了。

这一场大雨恐怕在乡下的穷朋友是很大的一个不幸，但是我不曾亲见，单靠想象是不中用的，所以我不去虚伪地代为悲叹了。倘若有人说这所记的只是个人的事情，于人生无益，我也承认，我本来只想说个人的私事，此外别无意思。今天太阳已经出来，傍晚可以出外去游嬉，这封信也就不再写下去了。

我本等着看你的秦游记，现在却由我先写给你看，我也可以算是"意表之外"的事罢。

十三年七月十七日，在京城书

济南道中

1924 年 6 月 5 日起刊《晨报副镌》。

一

　　伏园兄，你应该还记得"夜航船"的趣味罢？这个趣味里的确包含有些不很优雅的非趣味，但如一切过去的记忆一样，我们所记住的大抵只是一些经过时间熔化变了形的东西，所以想起来还是很好的趣味。我平素由绍兴往杭州总从城里动身，（这是二十年前的话了，）有一回同几个朋友从乡间趁船，这九十里的一站路足足走了半天一夜；下午开船，傍晚才到西郭门外，于是停泊，大家上岸吃酒饭。这很有牧歌的趣味，值得田园画家的描写。第二天早晨到了西兴，埠头的饭店主人很殷勤地留客，点头说"吃了饭去"，进去坐在里面（斯文人当然不在柜台边和"短衣帮"并排着坐）破板桌边，便端出烤虾小炒腌鸭蛋等"家常便饭"来，也有一种特别的风味。可惜我好久好久不曾吃了。

　　今天我坐在特别快车内从北京往济南去。不禁忽然的想起旧事来。

火车里吃的是大菜，车站上的小贩又都关出在木栅栏外，不容易买到土俗品来吃。先前却不是如此，一九〇六年我们乘京汉车往北京应练兵处（那时的大臣是水竹村人）的考试的时候，还在车窗口买到许多东西乱吃，如一个铜子一只的大雅梨，十五个铜子一只的烧鸡之类；后来在什么站买到兔肉，同学有人说这实在是猫，大家便觉得恶心不能再吃，都摔到窗外去了。在日本旅行，于新式的整齐清洁之中，（现在对于日本的事只好"轻描淡写"地说一句半句，不然恐要蹈邓先生的覆辙，）却仍保存着旧日的长闲的风趣。我在东海道中买过一箱"日本第一的吉备团子"，虽然不能证明是桃太郎的遗制，口味却真不坏，可惜都被小孩们分吃，我只尝到一两颗，而且又小得可恨。还有平常的"便当"，在形式内容上也总是美术的，味道也好，虽在吃惯肥鱼大肉的大人先生们自然有点不配胃口。"文明"一点的有"冰激凌"，装在一只麦粉做的杯子里，末了也一同咽下去。——我坐在这铁甲快车内，肚子有点饿了，颇想吃一点小食，如孟代故事中王子所吃的，然而现在实属没有法子，只好往餐堂车中去吃洋饭。

我并不是要吃大菜的。但虽然要吃，若在强迫的非吃不可的时候，也会令人不高兴起来。还有一层，在中国旅行的洋人的确太无礼仪，即使并无什么暴行，也总是放肆讨厌的。即如在我这一间房里的一个怡和洋行的老板，带了一只小狗，说是在天津花了四十块钱买来的；他一上车就高卧不起，让小狗在房内撒尿，忙得车侍三次拿布来擦地板，又不喂饱，任它东张西望。呜呜的哭叫。我不是虐待动物者，但见人家昵爱动物，搂抱猫狗坐车坐船，妨害别人，也是很嫌恶的；我觉得那样的昵爱，正与虐待同样地是有点兽性的。洋人中当然也有真文明人，不过商人大抵不行，如中国的商人一样。中国近来新起一种"打鬼"——便是打"玄学鬼"与"直脚鬼"——的倾向，我大体上也觉得赞成，只是对于他们的态度有点不能附和。我们要把一切的鬼或神全数打出去，这是不可能的事，更无论他们只是拍令牌，念退鬼咒，当然毫无功效，只足以表明中国人术士气之十足，或者更留下一点恶因。我们所能做，所要做的，是如何使玄学鬼或直脚鬼不能为害。我相信，一切的鬼都是为害的，倘若被放纵着，便是我们自己"曲脚鬼"也何尝不如此。……人家说，谈天谈到末了，一定要讲到下作的话去，现在我却反对地谈起这样正经大道理来，也似乎不大合式，可以不再写下去了罢。

十三年五月三十一日，津浦车中

二

过了德州，下了一阵雨，天气顿觉凉快，天色也暗下来了。室内点上电灯，我向窗外一望，却见别有一片亮光照在树上地上，觉得奇异，同车的一位宁波人告诉我，这是后面护送的兵车的电光。我探头出去，果然看见末后的一辆车头上，两边各有一盏灯（这是我推想出来的，因为我看的只是一边，）射出光来，正如北京城里汽车的两只大眼睛一样。当初我以为既然是兵车的探照灯，一定是很大的，却正出于意料之外，它的光只照着车旁两三丈远的地方，并不能直照见树林中的贼踪。据那位买办所说，这是从去年孙美瑶团长在临城做了那"算不得什么大事"之后新增的，似乎颇发生效力，这两道神光真吓退了沿路的毛贼，因为以后确不曾出过事，而且我于昨夜也已安抵济南了。但我总觉得好笑，这两点光照在火车的尾巴头，好像是夏夜的萤火，太富于诙谐之趣。我坐在车中，看着窗外的亮光从地面移在麦子上，从麦子移到树叶上，心里起了一种离奇的感觉，觉得似危险非危险，似平安非平安，似现实又似在做戏，仿佛眼看程咬金腰间插着两把纸糊大板斧在台上踱着时一样。我们平常有一句话，时时说起却很少实验到的，现在拿来应用，正相适合，——这便是所谓浪漫的境界。

十点钟到济南站后，坐洋车进城，路上看见许多店铺都已关门，——都上着"排门"，与浙东相似。我不能算是爱故乡的人，但见了这样的街市，却也觉得很是喜欢。有一次夏天，我从家里往杭州，因为河水干涸，船只能到牛屎浜，在早晨三四点钟的时分坐轿出发，通过萧山县城；那时所见街上的情形，很有点与这回相像。其实绍兴和南京的夜景也未尝不如此，不过徒步走过的印象与车上所见到底有些不同，所以叫不起联想来罢了。城里有好些地方也已改用玻璃门，同北京一样，这是我今天下午出去看来的。我不能说排门是比玻璃门更好，在实际上玻璃门当然比排门要便利得多。但由我旁观地看去，总觉得旧式的铺门较有趣味。玻璃门也自然可以有它的美观，可惜现在多未能顾到这一层，大都是粗劣潦草，如一切的新东西一样。旧房屋的粗拙，全体还有些调和，新式的却只见轻率凌乱这一点而已。

今天下午同四个朋友去游大明湖，从鹊华桥下船。这是一种"出坂船"似的长方的船，门窗做得很考究，船头有扁一块，文云"逸兴豪情"，——我说船头，只因它形势似船头，但行驶起来，它却变了船尾，一个舟子便站在那里倒撑上去。他所用的家伙只是一支天然木的篙，不知是什么树，剥去了皮，很是光滑，树身却是弯来扭去的并不笔直；他拿了这件东西，能够使一只大船进退回旋无不如意，并且不曾遇见一点小冲撞，在我只知道使船用桨橹的人看了不禁着实惊叹。大明湖在《老残游记》里很有一段描写，我觉得写不出更好的文章来，而且你以前赴教育改进社年会时也曾到过，所以我可以不絮说了。我也同老残一样，走到历下亭铁公祠各处，但可惜不曾在明湖居听得白妞说梨花大鼓。我们又去看"大帅张少轩"捐赀倡修的曾子固的祠堂，以及张公祠，祠里还挂有一幅他的"门下子婿"的长髯照相和好些"圣朝柱石"等等的孙公德政牌。随后又到北极祠去一看，照例是那些塑像，正殿右侧一个大鬼，一手倒提着一个小妖，一手掐着一个，神气非常活现，右脚下踏着一个女子，它的脚跟正落在腰间，把她踹得目瞪口呆，似乎喘不过气来，不知是到底犯了什么罪。大明湖的印象仿佛像南京的玄武湖，不过这湖是在城里，很是别致。清人铁保有一联云，"四面荷花三面柳，一城山色半城湖"，实在说得很好，（据老残说这是铁公祠大门的楹联，现今却已掉下，在享堂内倚墙放着了，）虽然我们这回看不到荷花。而且湖边渐渐地填为平地，面积大不如前，水路也很窄狭，两旁变了私产，一区一区地用苇塘围绕，都是人家种蒲养鱼的地方，所以《老残游记》里所记千佛山倒影入湖的景色已经无从得见，至于"一声渔唱"尤其是听不到了。但是济南城里有一个湖，即使较前已经不如，总是很好的事；这实在可以代一个大公园，而且比公园更为有趣，于青年也很有益。我遇见好许多船的学生在湖中往来，比较中央公园里那些学生站在路边等看头发像鸡窠的女人要好得多多，——我并不一定反对人家看女人，不过那样看法未免令人见了生厌。这一天的湖逛得很快意，船中还有王君的一个三岁的小孩同去，更令我们喜悦。他从宋君手里要蒲桃干吃，每拿几颗例须唱一出歌加以跳舞，他便手舞足蹈唱"一二三四"给我们听，交换五六个蒲桃干，可是他后来也觉得麻烦，便提出要求，说"不唱也给我罢"。他是个很活泼可爱的小人儿，而且一口的济南话，我在他口中初次听到"俺"这一个字活用在言语里，虽然这种调子我们从北大徐君的话里早已听惯了。

六月一日，在"家家泉水户户垂杨"的济南城内

三

六月二日午前，往工业学校看金线泉。这天正下着雨，我们乘暂时雨住的时候，踏着湿透的青草，走到石池旁边，照着老残的样子侧着头细看水面，却终于看不见那条金线，只有许多水泡，像是一串串的珍珠，或者还不如说水银的蒸汽，从石隙中直冒上来，仿佛是地下有几座丹灶在那里炼药。池底里长着许多植物，有竹有柏，有些不知名的花木，还有一株月季花，带着一个开过的花蒂：这些植物生在水底，枝叶青绿，如在陆上一样，到底不知道是怎么一回事。金线泉的邻近，有陈遵留客的投辖井，不过现在只是一个六尺左右的方池，辖虽还可以投，但是投下去也就可以取出来了。次到趵突泉，见大池中央有三股泉水向上喷涌，据《老残游记》里说翻出水面有二三尺高，我们看见却不过尺许罢了。池水在雨后颇是浑浊，也不曾流得"汩汩有声"，加上周围的石桥石路以及茶馆之类，觉得很有点故乡的脂沟汇，——传说是越王宫女倾脂粉水，汇流此地，现在却俗称"猪狗汇"，是乡村航船的聚会地

了。随后我们往商埠游公园，刚才进门雨又大下，在茶亭中坐了许久，等雨霁后再出来游玩。园中别无游客，容我们三人独占全园，也是极有趣味的事。公园本不很大，所以便即游了，里边又别无名胜古迹，一切都是人工的新设，但有一所大厅，门口悬着匾额，大书曰"畅趣游情，马良撰并书"，我却瞻仰了好久。我以前以为马良将军只是善于打什么拳的人，现在才知道也很有风雅的趣味，不得不陈谢我当初的疏忽了。

此外我不曾往别处游览，但济南这地方却已尽够中我的意了。我觉得北京也很好，只是太多风和灰土，济南则没有这些；济南很有江南的风味，但我所讨厌的那些东南的脾气似乎没有，（或未免有点速断？）所以是颇愉快的地方。然而因为端午将到，我不能不赶快回北京来，于是在五日午前二时终于乘了快车离开济南了。

我在济南四天，讲演了八次。范围题目都由我自己选定，本来已是自由极了，但是想来想去总觉得没有什么可讲，勉强拟了几个题目，都没有十分把握，至于所讲的话觉得不能句句确实，句句表现出真诚的气分来，那是更不必说了。就是平常谈话，也常觉得自己有些话是虚空的，不与心情切实相应，说出时便即知道，感到一种恶心的寂寞，好像是嘴里尝到了肥皂。石川啄木的短歌之一云：

不如怎地，

总觉得自己是虚伪之块似的，

将眼睛闭上了。

这种感觉，实在经验了好许多次。在这八个题目之中，只有未了的"神话的趣味"还比较的好一点；这并非因为关于神话更有把握，只因世间对于这个问题很多误会，据公刊的文章上看来，几乎尚未有人加以相当的理解，所以我对于自己的意见还未开始怀疑，觉得不妨略说几句。我想神话的命运很有点与梦相似。野蛮人以梦为真，半开化人以梦为兆，"文明人"以梦为幻，然而在现代学者的手里，却成为全人格之非意识的显现；神话也经过"宗教的""哲学的"以及"科学的"解释之后，由人类学者解救出来，还他原人文学的本来地位。中国现在有相信鬼神托梦魂魄入梦的人，有求梦占梦的人，有说梦是妖妄的人，但没有人去从梦里寻出他情绪的或感觉的分子，若是"满愿的梦"则更求其隐密的动机，为学术的探讨者；说及神话，非信受则排斥，其态度正是一样。我看许多反对神话的人虽然标榜科学，其实他的意思以为神话确有信受的可能，倘若不是竭力抗拒；这正如性意识很强的道学家之提倡戒色，实在是两极相遇了。真正科学家自己既不会轻信，也就不必专用攻击，只是平心静气地研究就得，所以怀疑与宽容是必要的精神，不然便是狂信者的态度，非耶者还是一种教徒，非孔者还是一种儒生，类例很多。即如近来反对太戈尔运动也是如此，他们自以为是科学思想与西方化，却缺少怀疑与宽容的精神，其实仍是东方式的攻击异端：倘若东方文化里有最大的毒害，这种专制的狂信必是其一了。不意话又说远了，与济南已经毫无关系，就此搁笔；至于神话问题，说来也嫌唠叨，改日面谈罢。

六月十日，在北京写

山中杂信

1921 年 6 月 7 日起刊《晨报》。

一

伏园兄：

我已于本月初退院，搬到山里来了。香山不很高大，仿佛只是故乡城内的卧龙山模样，但在北京近郊，已经要算是很好的山了。碧云寺在山腹上，地位颇好，只是我还不曾到外边去看过，因为须等医生再来诊察一次之后，才能决定可以怎样行动，而且又是连日下雨，连院子里都不能行走，终日只是起卧屋内罢了。大雨接连下了两天，天气也就颇冷了。般若堂里住着几个和尚们，买了许多香椿干，摊在芦席上晾着，这两天的雨不但使他不能干燥，反使他更加潮湿。每从玻璃窗望去，看见廊下摊着湿漉漉的深绿的香椿干，总觉得对于这班和尚们心里很是抱歉似的，——虽然下雨并不是我的缘故。

般若堂里早晚都有和尚做功课，但我觉得并不烦扰，而且于我似乎还有一种清醒的力量。清早和黄昏时候的清澈的磬声，仿佛催促我们无所信仰、无所归依的人，拣定一条道路精进向前。我近来的思想动摇与混乱，可谓已至其极了，托尔斯泰的无我爱与尼采的超人，共产主义与善种学，耶佛孔老的教训与科学的例证，我都一样的喜欢尊重，却又不能调和统一起来，造成一条可以行的大路。我只将这各种思想，凌乱的堆在头里，真是乡间的杂货一料店了。——或者世间本来没有思想上的"国道"，也未可知。这件事我常常想到，如今听他们做功课，更使我受了激刺。同他们比较起来，好像上海许多有国籍的西商中间，夹着一个"无领事管束"的西人。至于无领事管束，究竟是好是坏，我还想不明白。不知你以为何如？

寺内的空气并不比外间更为和平。我来的前一天，般若堂里的一个和尚，被方丈差人抓去，说他偷寺内的法物，先打了一顿，然后捆送到城内什么衙门去了。究竟偷东西没有，是别一个问题，但吊打恐总非佛家所宜。大约现在佛徒的戒律，也同"儒业"的三纲五常一样，早已成为具文了。自己即使犯了永为弃物的波罗夷罪，并无妨碍，只要有权力，便可以处置别人，正如护持名教的人却打他的老父，世间也一点都不以为奇。我们厨房的间壁，住着两个卖汽水的人，也时常吵架。掌柜的回家去了，只剩了两个少年的伙计，连日又下雨，不能出去摆摊，所以更容易争闹起来。前天晚上，他们都不愿意烧饭，互相推诿，始而相骂，终于各执灶上的铁通条，打仗两次。我听他们叱咤的声音，令我想起《三国志》及《劫后英雄略》等书里所记的英雄战斗或比武时的威势，可是后来战罢，他们两个人一点都不受伤，更是不可思议了。从这两件事看来，你大约可以知道这山上的战氛罢。

因为病在右肋，执笔不大方便，这封信也是分四次写成的。以后再谈罢。

一九二一年，六月五日

二

近日天气渐热，到山里来往的人也渐多了。对面的那三间屋，已于前日租去，大约日内就有人搬来。般若堂两旁的厢房，本是"十方堂"，这块大木牌还挂在我的门口。但现在都已租给人住，以后有游方僧来，除了请到罗汉堂去打坐以外，没有别的地方可以挂单了。

三四天前大殿里的小菩萨，失少了两尊，方丈说是看守大殿的和尚偷卖给游客了，于是又将他捆起来，打了一顿，但是这回不曾送官，因为次日我又听见他在后堂敲那大木鱼了。（前回被抓去的和尚已经出来，搬到别的寺里去了。）当时我正翻阅《诸经要集》六度部的忍辱篇，道世大师在述意缘内说道，"……岂容微有触恼，大生瞋恨，乃至角眼相看，恶声厉色，遂加杖木，结恨成怨"，看了不禁苦笑。或者丛林的规矩，方丈本来可以用什么板子打人，但我总觉得有点矛盾。而且如果真照规矩办起来，恐怕应该挨打的却还不是这个所谓偷卖小菩萨的和尚呢。

山中苍蝇之多，真是"出人意表之外"。每到下午，在窗外群飞，嗡嗡作声，仿佛是蜜蜂的排衙。我虽然将风门上糊了冷布，紧紧关闭，但是每一出入，总有几个混进屋里来。各处桌上摊着苍蝇纸，另外又用了棕丝制的蝇拍追着打，还是不能绝灭。英国诗人勃来克有《苍蝇》一诗，将蝇来与无常的人生相比，日本小林一茶的俳句道："不要打哪！那苍蝇搓他的手，搓他的脚呢。"我平常都很是爱念，但在实际上却不能这样的宽大了。一茶又有一句俳句，序云：

捉到一个虱子，将他掐死固然可怜，要把他舍在门外，让他绝食，也觉得不忍，忽然的想到我佛从前给与鬼子母的东西①，成此：
虱子呵，放在和我味道一样的石榴上爬着。

《四分律》云："时有者比丘拾虱弃地，佛言不应，听以器盛若绵拾着中。若虱走出，应作筒盛；若虱出筒，应作盖塞。随其寒暑，加以腻食将养之。"一茶是诚信的佛教徒，所以也如此做，不过用石榴喂他却更妙了。这种殊胜的思想，我也很以为美，但我的心底里有一种矛盾，一面承认苍蝇是与我同具生命的众生之一，但一面又总当他是脚上带着许多有害的细菌，在头上面爬的痒痒的，一种可恶的小虫，心想除灭他。这个情与知的冲突，实在是无法调和，因为我笃信"赛老先生"的话，但也不想拿了他的解剖刀去破坏诗人的美的世界，所以在这一点上，大约只好甘心且做蝙蝠派罢了。

对于时事的感想，非常纷乱，真是无从说起，倒还不如不说也罢。

六月二十三日

---

① 日本传说，佛降伏鬼子母神，给与石榴实食之，以代人肉，因榴实味酸甜似人肉云。据《鬼子母经》说，她后来变了生育之神，这石榴大约只是多子的象征罢了。

三

　　我在第一信里，说寺内战氛很盛，但是现在情形却又变了。卖汽水的一个战士，已经下山去了。这个缘因，说来很长。前两回礼拜日游客很多，汽水卖了十多块钱一天，方丈知道了，便叫他们从形势最好的那"水泉"旁边撤退，让他自己来卖。他们只准在荒凉的塔院下及门口去摆摊，生意便很清淡，掌柜的于是实行减政，只留下了一个人做帮手，——这个伙计本是做墨盒的，掌柜自己是泥水匠，这主从两人虽然也有时争论，但不至于开起仗来了。方丈似乎颇喜欢吊打他属下的和尚，不过他的法庭离我这里很远，所以并未直接受到影响。此外偶然和尚们喝醉了高粱，高声抗辩，或者为了金钱胜负稍有纠葛，都是随即平静，算不得什么大事。因此般若堂里的空气，近来很是长闲逸豫，令人平矜释躁，这个情形可以意会，不易言传，我如今举出一件琐事来做个象征，你或者可以知其大略。我们院子里，有一群鸡，共五六只，其中公的也有，母的也有。这是和尚们共同养的呢，还是一个人的私产，我都不知道。他们白天里躲在紫藤花底下，晚间被盛入一只小口大腹，像是装香油用的藤篓里面。这篓子似乎是没有盖的，我每天总看见他在柏树下仰天张着口放着。夜里酉戌之交，和尚们擂鼓既罢，各去休息，篓里的鸡便怪声怪气的叫起来。于是禅房里和尚们的"唆，唆——"之声，相继而作。这样以后，篓里和禅房里便复寂然，直到天明，更没有什么惊动。问是什么事呢？答说有黄鼠狼来咬鸡。其实这小口大腹的篓子里，黄鼠狼是不会进去的，倘若掉了下去，他就再也逃不出来了。大约他总是未能忘情，所以常来窥探，不过聊以快意罢了。倘若篓子上加上一个盖，——虽然如上文所说，即使无盖，本来也很安全，——也便可以省得他的窥探。但和尚们永远不加盖，黄鼠狼也便永远要来窥探，以致"三日两头"的引起夜中婆里与禅房里的驱逐。这便是我所说的长闲逸豫的所在。我希望这一节故事，或者能够比那四个抽象的字说明的更多一点。

但是我在这里不能一样的长闲逸豫，在一日里总有一个阴郁的时候，这便是下午清华园的邮差送报来后的半点钟。我的神经衰弱，易于激动，病后更甚，对于略略重大的问题，稍加思索，便很烦躁起来，几乎是发热状态，因此平常十分留心免避。但每天的报里，总是充满着不愉快的事情，见了不免要起烦恼。或者说，既然如此，不看岂不好么？但我又舍不得不看，好像身上有伤的人，明知触着是很痛的，但有时仍是不自禁的要用手去摸，感到新的剧痛，保留他受伤的意识。但苦痛究竟是苦痛，所以也就赶紧丢开，去寻求别的慰藉。我此时放下报纸，努力将我的思想遣发到平常所走的旧路上去，——回想近今所看书上的大乘菩萨布施忍辱等六度难行，净土及地狱的意义，或者去搜求游客及和尚们（特别注意于方丈）的轶事。我也不愿再说不愉快的事，下次还不如仍同你讲他们的事情罢。

六月二十九日

四

近日因为神经不好，夜间睡眠不足，精神很是颓唐，所以好久没有写信，也不曾做诗了。诗思固然不来，日前到大殿后看了御碑亭，更使我诗兴大减。碑亭之北有两块石碑，四面都刻着乾隆御制的律诗和绝句。这些诗虽然很讲究的刻在石上，壁上还有宪兵某君的题词，赞叹他说"天命乃有移，英风殊难泯！"但我看了不知怎的联想到那塾师给冷于冰看的草稿，将我的创作热减退到近于零度。我以前病中忽发野心，想做两篇小说，一篇叫"平凡的人"，一篇叫"初恋"，幸而到了现在还不曾动手，不然，岂不将使《馍馍赋》不但无独而且有偶么？

我前回答应告诉你游客的故事，但是现在也未能践约，因为他们都从正门出入，很少到般若堂里来的。我看见从我窗外走过的游客，一总不过十多人。他们却有一种公共的特色，似乎都对于植物的年龄颇有趣味。他们大抵问和尚或别人道："这藤萝有多少年了？"答说："这说不上来。"便又问："这柏树呢？"至于答案，自然仍旧是"说不上来"了。或者不问柏树的，也要问槐树，其馀核桃石榴等小树，就少有人注意了。我常觉得奇异，他们既然如此热心，寺里的人何妨就替各棵老树胡乱定出一个年岁，叫和尚们照样对答，或者写在大木板上，挂在树下，岂不一举两得么？

游客中偶然有提着鸟笼的，我看了最不喜欢。我平常有一种偏见，以为做不必要的恶事的人，比为生活所迫，不得已而作恶者更为可恶；所以我憎恶蓄妾的男子，比那卖女为妾——因贫穷而吃人肉的父母，要加几倍。对于提鸟笼的人的反感，也是出于同一的源流。如要吃肉，便吃罢了；（其实飞鸟的肉，于养生上也并非必要。）如要赏鉴，在他自由飞鸣的时候，可以尽量的看或听，何必关在笼里，擎着走呢？我以为这同喜欢缠足一样的是痛苦的赏玩，是一种变态的残忍的心理。贤首于

《梵网戒疏》盗戒下注云："善见云，盗空中鸟，左翅至右翅，尾至头，上下亦尔，俱得重罪。准此戒，纵无主，鸟身自为主，盗皆重也。"鸟身自为主，——这句话的精神何等博大深厚，然而又岂是那些提鸟笼的朋友所能了解的呢?

《梵网经》里还有几句话，我觉得也都很好。如云：

"若佛子，故食肉，——一切肉不得食。——断大慈悲性种子，一切众生见而舍去。"又云："一切男子是我父，一切女人是我母，我生生无不从之受生，故六道众生皆我父母。而杀而食者，即杀我父母，亦杀我故身：一切地水，是我先身；一切火风，是我本体。……"我们现在虽然不能再相信六道轮回之说，然而对于这普亲观平等观的思想，仍然觉得他是真而且美。英国勃来克的诗：

被猎的兔每一声叫，

撕掉脑里的一枝神经；

云雀被伤在翅膀上，

一个天使止住了歌唱。

这也是表示同一的思想。我们为自己养生计，或者不得不杀生，但是大慈悲性种子也不可不保存，所以无用的杀生与快意的杀生，都应该避免的。譬如吃醉虾，这也罢了；但是有人并不贪他的鲜味，只为能够将半活的虾夹住，直往嘴里送，心里想道"我吃你！"觉得很快活。这是在那里尝得胜快心的滋味，并非真是吃食了。《晨报》杂感栏里曾登过松年先生的一篇《爱》，我很以他所说的为然。但是爱物也与仁人很有关系，倘若断了大慈悲性种子，如那样吃醉虾的人，于爱人的事也恐怕不大能够圆满的了。

七月十四日

五

近日的天气很热，屋里下午的气温在九十度以上。所以一到晚间，般若堂里在院子里睡觉的人，总有三四人之多。他们的睡法很是奇妙，因为蚊子白蛉要来咬，于是便用棉被没头没脑的盖住。这样一来，固然再也不怕蚊子们的勒索，但是露天睡觉的原意也完全失掉了。要说是凉快，却蒙着棉被；要说是通气，却将头直钻到被底下去。那么同在热而气闷的屋里睡觉，还有什么区别呢？有一位方丈的徒弟，睡在藤椅上，挂了一顶洋布的帐子，我以为是防蚊用的了，岂知四面都是悬空，蚊子们如能飞近地面一二尺，仍旧是可以进去的，他的帐子只能挡住从上边掉下来的蚊子罢了。这些奥妙的办法，似乎很有一种禅味，只是我了解不来。

我的行踪，近来已经推广到东边的"水泉"。这地方确是还好，我于每天清早，没有游客的时候，去徜徉一会，赏鉴那山水之美。只可惜不大干净，路上很多气味，——因为陈列着许多《本草》上的所谓人中黄！我想中国真是一个奇妙的国，在那里人们不容易得到营养料，也没有方法处置他们的排泄物。我想象轩辕太祖初入关的时候，大约也是这样情形。但现在已经过了四千年之久了，难道这个情形真已支持了四千年，一点不曾改么？

水泉四面的石阶上，是天然疗养院附属的所谓洋厨房。门外生着一颗白杨树，树干很粗，大约直径有六七寸，白皮斑驳，很是好看。他的叶在没有什么大风的时候，也瑟瑟的响，仿佛是有魔术似的。古诗说，"白杨多悲风，萧萧愁杀人"，非看见过白杨树的人，不大能了解他的趣味。欧洲传说云，耶稣钉死在白杨木的十字架上，所以这树以后便永远颤抖着。……我正对着白杨起种种的空想，有一个七八岁的小西洋人跟着宁波的老妈子走进洋厨房来。那老妈子同厨子讲着话的时候，忽然来了两个小广东人，各举起一只手来，接连地打小西洋人的嘴巴。他的两个小颊，立刻被批的通红了，但他却守着不抵抗主义，任凭他们打去。我的用人看不过意，把他们隔开两回，但那两位攘夷的勇士又冲过去，寻着要打嘴巴。被打的人虽然忍受下去了，但他们把我刚才的浪漫思想也批到不知去向，使我切肤的感到现实的痛。——至于这两个小爱国者的行为，若由我批评，不免要有过激的话，所以我也不再说了。

我每天傍晚到碑亭下去散步，顺便恭读乾隆的御制诗；碑上共有十首，我至少总要读他两首。读之既久，便发生种种感想，其一是觉得语体诗发生的不得已与必要。御制诗中有这几句，如"香山适才游白社，越岭便已至碧云。"又"玉泉十丈瀑，谁识此其源。"似乎都不大高明。但这实在是旧诗的难做，怪不得皇帝。对偶呀，平仄呀，押韵呀，拘束得非常之严，所以便是奉天承运的真龙也挣扎他不过，只落得留下多少打油的痕迹在石头上面。倘若他生在此刻，抛了七绝五律不做，去做较为自由的新体诗，即使做的不好，也总不至于被人认为"哥罐闻焉嫂棒伤"的蓝本罢。但我写到这里，忽然想到《大江集》等几种名著，又觉得我所说的也未必尽然。大约用文言做"哥罐"的，用白话做来仍是"哥罐"，——于是我又想起一种疑问，这便是语体诗的"万应"的问题了。

七月十七日

六

好久不写信了。这个原因，一半因为你的出京，一半因为我的无话可说。我的思想实在混乱极了，对于许多问题都要思索，却又一样的没有归结，因此觉得要说的话虽多，但不知怎样说才好。现在决心放任，并不硬去统一，姑且看书消遣，这倒也还罢了。

上月里我到香山去了两趟，都是坐了四人轿去的。我们在家乡的时候，知道四人轿是只有知县坐的，现在自己却坐了两回，也是"出于意表之外"的。我一个人叫他们四位扛着，似乎很有点抱歉，而且每人只能分到两角多钱，在他们实在也不经济，不知道为什么不减作两人呢？那轿杠是杉木的，走起来非常颠播。大约坐这轿的总非有候补道的那样身材，是不大合宜的。我所去的地方是甘露旅馆，因为有两个朋友耽阁在那里，其馀各处都不曾去。什么的一处名胜，听说是督办夫人住着，不能去了。我说这是什么督办，参战和边防的督办不是都取消了么，答说是水灾督办。我记得四五年前天津一带确曾有过一回水灾，现在当然已经干了，而且连旱灾都已闹过了（虽然不在天津）。朋友说，中国的水灾是不会了的，黄河不是决口了么。这话的确不错，水灾督办诚然有存在的必要，而且照中国的情形看来，恐怕还非加入官制里去不可呢。

　　我在甘露旅馆买了一本《万松野人言善录》，这本书出了已经好几年，在我却是初次看见。我老实说，对于英先生的议论未能完全赞同，但因此引起我陈年的感慨，觉得要一新中国的人心，基督教实在是很适宜的。极少数的人能够以科学艺术或社会的运动去替代他宗教的要求，但在大多数是不可能的。我想最好便以能容受科学的一神教把现在的野蛮残忍的多神——其实是拜物——教打倒，民智的发达才有点希望。不过有两大条件，要紧紧的守住：其一是这"新宗教"的神切不可与旧的神的观念去同化，以致变成一个西装的玉皇大帝；其二是切不可造成教阀，去妨害自由思想的发达。这第一第二的覆辙，在西洋历史上实例已经很多，所以非竭力免去不可。——但是，我们昏乱的国民久伏在迷信的黑暗里，既然受不住智慧之光的照耀，肯受这新宗教的灌顶么？不为传统所囚的大公无私的新宗教家，国内有几人呢？仔细想来，我的理想或者也只是空想；将来主宰国民的心的，仍旧还是那一班的鬼神妖怪罢！

　　我的行踪既然已经推广到了寺外，寺内各处也都已走到，只剩那可以听松涛的有名的塔上不曾去。但是我平常散步，总只在御诗碑的左近或是弥勒佛前面的路上。这一段泥路来回可一百步，一面走着，一面听着阶下龙嘴里的潺潺的水声（这就是御制诗里的"清波绕砌湲"），倒也很有兴趣。不过这清波有时要不"湲"，其时很是令人扫兴，因为后面有人把他截住了。这是谁做主的，我都不知道，大约总是有什么金鱼池的阔人们罢。他们要放水到池里去，便是汲水的人也只好等着，或是劳驾往水泉去，何况想听水声的呢！靠着这清波的一个朱门里，大约也是阔人，因为我看见他们搬来的前两天，有许多穷朋友头上顶了许多大安乐椅小安乐椅进去。以前一个绘画的西洋人住着的时候，并没有什么门禁，东北角的墙也坍了，我常常去到那里望对面的山景和在溪滩积水中洗衣的女人们。现在可是截然的不同了，倒墙从新筑起，将真山关出门外，却在里面叫人堆上许多石头（抬这些石头的人们，足足有三天，在我的窗前络绎的走过。）叫作假山，一面又在弥勒佛左手的路上筑起一堵泥墙，于是我真山固然望不见，便是假山也轮不到看。那些阔人们似乎以为四周非有墙包围着是不能住人的。我远望香山上迤逦的围墙，又想起秦始皇的万里长城，觉得我所推测的话并不是全无根据的。

　　还有别的见闻，我曾做了两篇《西山小品》，其一曰《一个乡民的死》，其二曰《卖汽水的人》，将他记在里面。但是那两篇是给日本的朋友们所办的一个杂志作的，现在虽有原稿留下，须等我自己把它译出方可发表。

九月三日，在西山

娱园

1923年3月28日刊《晨报副镌》。

有三处地方，在我都是可以怀念的，——因为恋爱的缘故。第一是《初恋》里说过了的杭州，其二是故乡城外的娱园。

娱园是皋社诗人秦秋渔的别业，但是连在住宅的后面，所以平常只称作花园。这个园据王眉叔的《娱园记》说，是"在水石庄，枕碧湖，带平林，广约顷许。曲构云缭，疏筑花幕。竹高出墙，树古当户。离离蔚蔚，号为胜区"。园筑于咸丰丁巳（一八五七），我初到那里是在光绪甲午，已在四十年后，遍地都长了荒草，不能想见当时"秋夜联吟"的风趣了。园的左偏有一处名叫潭水山房，记中称它"方池湛然，帘户静镜，花水孕毂，笋石恒蓝"的便是。《娱园诗存》卷三中有诸人题词，樊樊山的《望江南》云：

冰毂净，山里钓人居。花覆书床偎瘦鹤，波摇琴幌散文鱼：水竹夜窗虚。

陶子缜的一首云：

澂潭莹，明瑟敞幽房。茶火瓶笙山蛎洞，柳丝泉筑水凫床：古幨
写秋光。

这些文字的费解虽然不亚于公府所常发表的骈体电文，但因此总可
约略想见它的幽雅了。我们所见只是废墟，但也觉得非常有趣，儿童的
感觉原自要比大人新鲜，而且在故乡少有这样游乐之地，也是一个原因。

娱园主人是我的舅父的丈人，舅父晚年寓居秦氏的西厢，所以我们
常有游娱园的机会。秦氏的西邻是沈姓，大约因为风水的关系，大门是
偏向的，近地都称作"歪摆台门"。据说是明人沈青霞的嫡裔，但是也
已很是衰颓，我们曾经去拜访他的主人，乃是一个二十岁左右的青年，
跛着一足，在厅房里聚集了七八个学童，教他们读《千家诗》。娱园主
人的儿子那时是秦氏的家主，却因吸烟终日高卧，我们到傍晚去找他，
请他画家传的梅花，可惜他现在早已死去了。

忘记了是那一年，不过总是庚子以前的事罢。那时舅父的独子婺
亲（神安他们的魂魄，因为夫妇不久都去世了），中表都聚在一处，凡
男的十四人，女的七人。其中有一个人和我是同年同月生的，我称她为
姊，她也称我为兄：我本是一只"丑小鸭"，没有一个人注意的，所以
我隐密的怀抱着对于她的情意，当然只是单面的，而且我知道她自小许
给人家了，不容再有非分之想，但总感着固执的牵引，此刻想起来，倒
似乎颇有中古诗人（Troubadour）的馀风了。当时我们住在留鹤盦里，
她们住在楼上。白天里她们不在房里的时候，我们几个较为年少的人便
"乘虚内犯"，走上楼去掠夺东西吃。有一次大家在楼上跳闹，我仿佛无

意似的拿起她的一件雪青纺绸衫穿了跳舞起来，她的一个兄弟也一同闹着，不曾看出什么破绽来，是我很得意的一件事。后来读木下杢太郎的《食后之歌》，看到一首《绛绢里》，不禁又引起我的感触。

到龛上去取笔去，
钻过晾着的冬衣底下，
触着了女衫的袖子。
说不出的心里的扰乱，
"呀"的缩头下来：
南无，神佛也未必见罪罢，
因为这已是故人的遗物了。

在南京的时代，虽然在日记上写了许多感伤的话，（随后又都剪去，所以现在记不起它的内容了，）但是始终没有想及婚嫁的关系。在外边漂流了十二年之后，回到故乡，我们有了儿女，她也早已出嫁，而且抱着痼疾，已经与死当面立着了。以后相见了几回，我又复出门，她不久就平安过去。至今她只有一张早年的照相在母亲那里，因她后来自己说是母亲的义女，虽然没有正式的仪节。

自从舅父全家亡故之后，二十年没有再到娱园的机会，想比以前必更荒废了。但是它的影象总是隐约的留在我脑底，为我心中的火焰（Fiammetta）的馀光所映照着。

十二年三月

入厕读书

我有一个常例，
便是不拿善本或难懂的书去，
虽然看文法书也是寻常。
据我的经验，
看随笔一类最好，顶不行的是小说。
至于朗诵，我们现在不读八大家文，
自然可以无须了。

郝懿行著《晒书堂笔录》卷四有《入厕读书》一条云："旧传有妇人笃奉佛经，虽入厕时亦讽诵不缀，后得善果而竟卒于厕，传以为戒，虽出释氏教人之言，未必可信，然亦足见污秽之区，非讽诵所宜也。《归田录》载钱思公言平生好读书，坐则读经史，卧则读小说，上厕则阅小词，谢希深亦言宋公垂每走厕必挟书以往，讽诵之声琅然闻于远近。余读而笑之，入厕脱裤，手又携卷，非惟太亵，亦苦甚忙，人即笃学，何至乃尔耶。至欧公谓希深言平生所作文章多在三上，乃马上枕上厕上也，盖惟此尤可以属思尔，此语却妙，妙在亲切不浮也。"郝君的文章写得很有意思，但是我稍有异议，因为我是颇赞成厕上看书的。小时候听祖父说，北京的跟班有一句口诀云，老爷吃饭快，小的拉矢快，跟班的话里含有一种讨便宜的意思，恐怕也是事实。一个人上厕的时间本来难以一定，但总未必很短，而且这与吃饭不同，无论时间怎么短总觉得这是白费的，想方法要来利用他一下。如吾乡老百姓上茅坑时多顺便喝一筒旱烟，或者有人在河沿石磴下淘米洗衣，或有人挑担走过，又可以高声谈话，说米几个铜钱一升或是到什么地方去。读书，这无非是喝旱烟的意思罢了。

话虽如此，有些地方原来也只好喝旱烟，于读书是不大相宜的。上文所说浙江某处一带沿河的茅坑，是其一。从前在南京曾经寄寓在一个湖南朋友的书店里，这位朋友姓刘，我从赵伯先那边认识了他，那年有乡试，他在花牌楼附近开了一家书店，我患病住在学堂里很不舒服，他就叫我住到他那里去，替我煮药煮粥，招呼考相公卖书，暗地还要运动革命，他的精神实在是很可佩服的。我睡在柜台里面书架子的背后，吃药喝粥都在那里，可是便所却在门外，要走出店门，走过一两家门面，一块空地的墙根的垃圾堆上。到那地方去我甚以为苦，这一半固然由于生病走不动，就是在康健时也总未必愿意去的，是其二。民国八年夏我到日本日向去访友，住在一个名叫木城的山村里，那里的便所虽然同普通一样上边有屋顶，周围有板壁门窗，但是他同住房离开有十来丈远，孤立田间，晚间要提了灯笼去，下雨还得撑伞，而那里雨又似乎特别多，我住了五天总有四天是下雨，是其三。末了是北京的那种茅厕，只有一个坑两垛砖头，雨淋风吹日晒全不管。去年往定州访伏园，那里的茅厕是琉球式的，人在岸上，猪在坑中，猪咕咕的叫，不习惯的人难免要害怕，哪有工夫看什么书，是其四。《语林》云，石崇厕有绛纱帐大床，茵蓐甚丽，两婢持锦香囊，这又是太阔气了，也不适宜。其实我的意思是很简单的，只要有屋顶，有墙有窗有门，晚上可以点灯，没有电灯就点白蜡烛亦可，离住房不妨有二三十步，虽然也要用雨伞，好在北方不大下雨。如有这样的厕所，那么上厕时随意带本书去读读，我想倒还是呒啥的吧。

谷崎润一郎著《摄阳随笔》中有一篇《阴翳礼赞》，第二节说到日本建筑的厕所的好处。在京都奈良的寺院里，厕所都是旧式的，阴暗而扫除清洁，设在闻得到绿叶的气味青苔的气味的草木丛中，与住房隔离，有板廊相通。蹲在这阴暗光线之中，受着微明的纸障的反射，耽于瞑想，或望着窗外院中的景色，这种感觉真是说不出地好。他又说：

"我重复地说，这里须得有某种程度的阴暗，彻底的清洁，连蚊子的呻吟声也听得清楚地寂静，都是必须的条件。我很喜欢在这样的厕所里听萧萧地下着的雨声。特别在关东的厕所，靠着地板装有细长的扫出尘土的小窗，所以那从屋檐或树叶上滴下来的雨点，洗了石灯笼的脚，润了砧脚石上的苔，幽幽地沁到土里去的雨声，更能够近身地听到。实在这厕所是宜于虫声，宜于鸟声，亦复宜于月夜，要赏识四季随时的物情之最相适的地方，恐怕古来的俳人曾从此处得到过无数的题材吧。这样看来，那么说日本建筑之中最是造得风流的是厕所，也没有什么不可。"谷崎压根儿是个诗人，所以说得那么好，或者也就有点华饰，不过这也只是在文字上，意思却是不错的。日本在近古的战国时代前后，文化的保存与创造差不多全在五山的寺院里，这使得风气一变，如由工笔的院画转为水墨的枯木竹石，建筑自然也是如此，而茶室为之代表，厕之风流化正其余波也。

佛教徒似乎对于厕所向来很是讲究。偶读大小乘戒律，觉得印度先贤十分周密地注意于人生各方面，非常佩服，即以入厕一事而论，后汉译《大比丘三千威仪》下列举"至舍后者有二十五事"，宋译《萨婆多部毗尼摩得勒伽》六自"云何下风"至"云何筹草"凡十三条，唐义净著《南海寄归内法传》二有第十八"便利之事"一章，都有详细的规定，有的是很严肃而幽默，读了忍不住五体投地。我们又看《水浒传》鲁智深做过菜头之后还可以升为净头，可见中国寺里在古时候也还是注意此事的。但是，至少在现今这总是不然了，民国十年我在西山养过半年病，住在碧云寺的十方堂里，各处走到，不见略略像样的厕所，只如在《山中杂信》五所说：

"我的行踪近来已经推广到东边的水泉。这地方确是还好，我于每天清早没有游客的时候去徜徉一会，赏鉴那山水之美。只可惜不大干净，路上很多气味，——因为陈列着许多《本草》上的所谓人中黄。我想中国真是一个奇妙的国，在那里人们不容易得着营养料，也没有方法处置他们的排泄物。"

在这种情形之下，中国寺院有普通厕所已经是大好了，想去找可以瞑想或读书的地方如何可得。出家人那么拆烂污，难怪白衣矣。

但是假如有干净的厕所，上厕时看点书却还是可以的，想作文则可不必。书也无须分好经史子集，随便看看都成。我有一个常例，便是不拿善本或难懂的书去，虽然看文法书也是寻常。据我的经验，看随笔一类最好，顶不行的是小说。至于朗诵，我们现在不读八大家文，自然可以无须了。

体罚

1931年4月10日刊《新学生》1卷4期。

近来随便读斯替文生（R. L. Stevenson）的论文《儿童的游戏》，首节说儿时的过去未必怎么可惜，因为长大了也有好处，譬如不必再上学校了，即使另外须得工作，也是一样的苦工，但总之无须天天再怕被责罚，就是极大的便宜，我看了不禁微笑，心想他老先生（虽然他死时只有四十四岁）小时候大约很打过些手心罢？美国人类学家洛威（R. H. Lowie）在所著《我们是文明么》第十七章论教育的一章内说："直到近时为止，欧洲的小学教师常用皮鞭抽打七岁的小儿，以致终身带着伤痕。在十七八世纪，年幼的公侯以至国王都被他们的师傅所凶殴。"譬如亨利四世命令太子的保姆要着实地打他的儿子，因为"世上再没有别的东西于他更为有益"。太子的被打详明地记在账上，例如：

一六〇三年十月九日，八时醒，很不听话，初次挨打。（附注，太子生于一六〇一年九月二十七日。）

一六〇四年三月四日，十一时想吃饭。饭拿来时，命搬出去，又叫拿来。麻烦，被痛打。

到了一六一〇年五月正式即位，却还不免于被打。王曾曰："朕宁可不要这些朝拜和恭敬，只要他们不再打朕。"但是这似乎是不可能的事。罗素的《教育论》第九章论刑罚，开首即云："在以前直到很近的时代，儿童和少年男女的刑罚认为当然的事，而且一般以为在教育上是必要的。"西洋俗语有云，"省了棍子，坏了孩子"，就是这个意思，据丹麦尼洛普（C.Nyrop）教授的《接吻与其历史》第五章说：

不但表示恭敬，而且表示改悔，儿童在古时常命在被打过的棍子上亲吻。凯撒堡（Geilervon Kaisersberg）在十六世纪时曾这样说过：儿童被打的时候，他们和棍子亲吻，说道，——
亲爱的棍子，忠实的棍子，
没有你老，我那能变好。
他们和棍子亲吻，而且从上边跳过，是的，而且从上边蹦过。

这个教育上的打，自天子以至于庶人，从上古直到近代，大约是一律通行，毫无疑问的。听说琼生博士（Samuel Johnson）很称赞一个先生，因为从前打他打得透而且多。卢梭小时候被教师的小姐打过几次屁股，记在《忏悔录》里，后来写《爱弥儿》，提倡自由教育，却也有时主张要用严厉的处置，——我颇怀疑他是根据自己的经验，或者对于被打者没有什么恶意，也未可知。据罗素说，安诺德博士（即是那个大批评家的先德）对于改革英国教育很有功绩，他减少体罚，但仍用于较幼的学生，且以道德的犯罪为限，例如说诳，喝酒，以及习惯的偷懒。有一杂志说体罚使人堕落，不如全废，安诺德博士愤然拒绝，回答说：

我很知道这些话的意思，这是根据于个人独立之傲慢的意见，这是既非合理，也不是基督教的，而是根本地野蛮的思想。

他的意思是要养成青年精神的单纯，清醒谦卑，罗素却批注了一句道，由他训练出来的学生那么很自然地相信应该痛打印度人了，在他们缺少谦卑的精神的时候。

我们现在回过来看看中国是怎样呢？棒头出孝子这句俗语是大家都晓得的，在父为子纲的中国厉行扑作教刑，原是无疑的事，不过太子和小皇帝是否也同西国的受教训，那是不明罢了。我只听说光绪皇帝想逃出宫，被太监拦住，拔住御辫拉了回来，略有点儿相近，至于拉回宫去之后有否痛打仍是未详。现在暂且把高贵的方面搁起，单就平民的书房来找材料，亦可以见一斑。材料里最切实可靠的当然是自己的经验，不过不知怎的，大约因为我是稳健派的缘故罢，虽然从过好几个先生，却不曾被打过一下，所以没有什么可说，那么自然只能去找间接的，也就是次等的材料了。

普通在私塾的宪法上规定的官刑计有两种，一是打头，一是打手心。有些考究的先生有两块戒方，即刑具，各长尺许，宽约一寸，一薄一厚。厚的约可五分，可以敲头，在书背不出的时候，落在头角上，嘣然一声，用以振动迟钝的脑筋，发生速力，似专作提撕之用，不必以刑罚论。薄的一块则性质似乎官厅之杖，以扑犯人之掌，因板厚仅二三分，故其声清脆可听。通例，犯小罪，则扑十下，每手各五，重者递加。我的那位先生是通达的人，那两块戒尺是紫檀的，处罚也很宽，但是别的塾师便大抵只有一块毛竹的板子，而且有些凶残好杀的也特别打得厉害，或以桌角抵住手背，以左手握其指力向后拗，令手心突出而拼命打之。此外还有类似非刑的责法，如跪钱板或螺蛳壳上等皆是。传闻曾祖辈中有人，因学生背书不熟，以其耳夹门缝中，推门使阖，又一叔辈用竹枝鞭学生血出，取擦牙盐涂其上，结果二人皆被辞退。此则塾师内的酷吏传的人物，在现今青天白日的中国总未必再会有的罢。

可是，这个我也不大能够担保。我不知道现在社会上的一切体罚是否都已废止？笞杖伽号的确久已不见了，但是此外侦查审问时的拷打，就是所谓"做"呢？这个我不知道。普通总是官厅里的苦刑先废，其次才是学校，至于家庭恐怕是在最后，——而且也不知到底废得成否，特别是这永久"伦理化"的民国。我回想斯替文生的话，觉得他真舒服极了，因为他不去上学校之后总可以无须天天再怕被责罚了。

十九年五月

辑二

　　茶道的意思，用平凡的话来说，可以称作"忙里偷闲、苦中作乐"，在不完全的现实享一点美与和谐，在刹那间体会永久，是日本这"象征的文化"里的一种代表艺术。

故乡的野菜

　　我的故乡不止一个，我住过的地方都是故乡。故乡对于我并没有什么特别的情分，只因钓于斯游于斯的关系，朝夕会面，遂成相识，正如乡村里的邻舍一样，虽然不是亲属，别后有时也要想念到他。我在浙东住过十几年，南京东京都住过六年，这都是我的故乡；现在住在北京，于是北京就成了我的家乡了。

　　日前我的妻往西单市场买菜回来，说起有荠菜在那里卖着，我便想起浙东的事来。荠菜是浙东人春天常吃的野菜，乡间不必说，就是城里只要有后园的人家都可以随时采食，妇女小儿各拿一把剪刀一只"苗篮"，蹲在地上搜寻，是一种有趣味的游戏的工作。那时小孩们唱道："荠菜马兰头，姊姊嫁在后门头。"后来马兰头有乡人拿来进城售卖了，但荠菜还是一种野菜，须得自家去采。关于荠菜向来颇有风雅的传说，不过这似乎以吴地为主。《西湖游览志》云："三月三日男女皆戴荠菜花。谚云，三春戴荠花，桃李羞繁华。"顾禄的《清嘉录》上亦说：

　　荠菜花俗呼野菜花，因谚有三月三蚂蚁上灶山之语，三日人家皆以野菜花置灶陉上，以厌虫蚁。侵晨村童叫卖不绝。或妇女簪髻上以祈清目，俗号眼亮花。

但浙东人却不很理会这些事情，只是挑来做菜或炒年糕吃罢了。

黄花麦果通称鼠麹草，系菊科植物，叶小微圆互生，表面有白毛，花黄色，簇生梢头。春天采嫩叶，捣烂去汁，和粉作糕，称黄花麦果糕。小孩们有歌赞美之云：

黄花麦果韧结结，
关得大门自要吃：
半块拿弗出，一块自要吃。

清明前后扫墓时，有些人家——大约是保存古风的人家——用黄花麦果作供，但不作饼状，做成小颗如指顶大，或细条如小指，以五六个作一攒，名曰茧果，不知是什么意思，或因蚕上山时设祭，也用这种食品，故有是称，亦未可知。自从十二三岁时外出不参与外祖家扫墓以后，不复见过茧果，近来住在北京，也不再见黄花麦果的影子了。日本称作"御形"，与荠菜同为春的七草之一，也采来做点心用，状如艾饺，名曰"草饼"，春分前后多食之，在北京也有，但是吃去总是日本风味，不复是儿时的黄花麦果糕了。

扫墓时候所常吃的还有一种野菜。俗名草紫。通称紫云英。农人在收获后，播种田内，用作肥料。是一种很被贱视的植物，但采取嫩茎瀹食，味颇鲜美，似豌豆苗。花紫红色，数十亩接连不断，一片锦绣，如铺着华美的地毯，非常好看，而且花朵状若胡蝶，又如鸡雏，尤为小孩所喜。间有白色的花，相传可以治痢，很是珍重，但不易得。日本《俳句大辞典》云："此草与蒲公英同是习见的东西，从幼年时代便已熟识。在女人里边，不曾采过紫云英的人，恐未必有罢。"中国古来没有花环，但紫云英的花球却是小孩常玩的东西，这一层我还替那些小人们欣幸的。浙东扫墓用鼓吹，所以少年常随了乐音去看"上坟船里的姣姣"；没有钱的人家虽没有鼓吹，但是船头上篷窗下总露出些紫云英和杜鹃的花束，这也就是上坟船的确实的证据了。

十三年二月

喝茶

1924 年 12 月 29 日刊《语丝》7 期。

前回徐志摩先生在平民中学讲"吃茶",——并不是胡适之先生所说的"吃讲茶",——我没有工夫去听,又可惜没有见到他精心结构的讲稿,但我推想他是在讲日本的"茶道",(英文译作 Teaism,)而且一定说的很好。茶道的意思,用平凡的话来说,可以称作"忙里偷闲,苦中作乐",在不完全的现世享乐一点美与和谐,在刹那间体会永久,是日本之"象征的文化"里的一种代表艺术。关于这一件事,徐先生一定已有透彻巧妙的解说,不必再来多嘴,我现在所想说的,只是我个人的很平常的喝茶观罢了。

喝茶以绿茶为正宗,红茶已经没有什么意味,何况又加糖——与牛奶?葛辛(George Gissing)的《草堂随笔》(The Private Papers of Henry Ryecroft)确是很有趣味的书,但冬之卷里说及饮茶,以为英国家庭里下午的红茶与黄油面包是一日中最大的乐事,红茶带"土斯"未始不可吃,但这只是当饭,在肚饥时食之而已;我的所谓喝茶,却是在喝清茶,在赏鉴其色与香与味,意未必在止渴,自然更不在果腹了。

中国古昔曾吃过煎茶及抹茶，现在所用的都是泡茶，冈仓觉三在《茶之书》（The Book of Tea, 1919）里很巧妙的称之曰"自然主义的茶"，所以我们所重的即在这自然之妙味。中国人上茶馆去，左一碗右一碗的喝了半天，好像是刚从沙漠里回来的样子，颇合于我的喝茶的意思（听说闽粤有所谓吃工夫茶者自然也有道理），只可惜近来太是洋场化，失了本意，其结果成为饭馆子之流，只在乡村间还保存一点古风，唯是屋宇器具简陋万分，或者但可称为颇有喝茶之意，而未可许为已得喝茶之道也。

喝茶当于瓦屋纸窗之下，清泉绿茶，用素雅的陶瓷茶具，同二三人共饮，得半日之闲，可抵十年的尘梦。喝茶之后，再去继续修各人的胜业，无论为名为利，都无不可，但偶然的片刻优游乃正亦断不可少。中国喝茶时多吃瓜子，我觉得不很适宜，喝茶时所吃的东西应当是清淡的"茶食"。中国的茶食却变了"满汉饽饽"，其性质与"阿阿兜"相差无几，不是喝茶时所吃的东西了。日本的点心虽是豆米的成品，但那优雅的形色，朴素的味道，很合于茶食的资格，如各色的"羊羹"（据上田恭辅氏考据，说是出于中国唐时的羊肝饼），尤有特殊的风味。江南茶馆中有一种"干丝"，用豆腐干切成细丝，加姜丝酱油，重汤燉热，上浇麻油，出以供客，其利益为"堂倌"所独有。豆腐干中本有一种"茶干"，今变而为丝，亦颇与茶相宜。在南京时常食此品，据云有某寺方丈所制为最，虽也曾尝试，却已忘记，所记得者乃只是下关的江天阁而已。学生们的习惯，平常"干丝"既出，大抵不即食，等到麻油再加，开水重换之后，始行举箸，最为合式。因为一到即罄，次碗继至，不遑应酬，否则麻油三浇，旋即撤去，怒形于色，未免使客不爽而散，茶意都消了。

吾乡昌安门外有一处地方，名三脚桥（实在并无三脚，乃是三出，因以一桥而跨三叉的河上也），其他有豆腐店曰周德和者，制茶干最有名。寻常的豆腐干方约寸半，厚三分，值钱二文，周德和的价值相同，小而且薄，才及一半，黝黑坚实，如紫檀片。我家距三脚桥有步行两小时的路程，故殊不易得，但能吃到油炸者而已。每天有人挑担设炉镬，沿街叫卖，其词曰：

辣酱辣，麻油炸，

红酱搭，辣酱拓；

周德和格五香油炸豆腐干。

其制法如上所述，以竹丝插其末端，每枚值三文。豆腐干大小如周德和，而甚柔软，大约系常品。惟经过这样烹调，虽然不是茶食之一，却也不失为一种好豆食。——豆腐的确也是极东的佳妙的食品，可以有种种的变化，唯在西洋不会被领解，正如茶一般。

日本用茶淘饭，名曰"茶渍"，以醃菜及"泽庵"（即福建的黄土萝卜，日本泽庵法师始传此法，盖从中国传去）等为佐，很有清淡而甘香的风味。中国人未尝不这样吃，唯其原因，非由穷困即为节省，殆少有故意往清茶淡饭中寻其固有之味者，此所以为可惜也。

十三年十二月

卖汽水的人

那时在塔院下所见的浮着亲和的微笑的狡狯似的面貌，

不觉又清清楚楚的再现在我的心眼的前面了。

我立住了，

暂时望着他行的走下那长的石阶去的寂寞的后影。

我的间壁有一个卖汽水的人。在般若堂院子里左边的一角，有两间房屋，一间作为我的厨房，里边的一间便是那卖汽水的人住着。

一到夏天，来游西山的人很多，汽水也生意很好。从汽水厂用一块钱一打去贩来，很贵的卖给客人。倘若有点认识，或是善于还价的人，一瓶两角钱也就够了，否则要卖三四角不等。礼拜日游客多的时候，可以卖到十五六元，一天里差不多有十元的利益。这个卖汽水的掌柜本来是一个开着煤铺的泥水匠，有一天到寺里来作工，忽然想到在这里卖汽水，生意一定不错，于是开张起来。自己因为店务及工作很忙碌，所以用了一个伙计替他看守，他不过偶然过来巡阅一回罢了。

伙计本是没有工钱的，伙食和必要的零用由掌柜供给。

我到此地来了以后，伙计也换了好几个了，近来在这里的是一个姓秦的二十岁上下的少年，体格很好，微黑的圆脸，略略觉得有点狡狯，但也有天真烂漫的地方。

　　卖汽水的地方是在塔下，普通称作塔院。寺的后边的广场当中，筑起一座几十丈高的方台，上面又竖着五支石塔，所谓塔院便是这高台的上边。从我的住房到塔院底下，也须走过五六十级的台阶，但是分作四五段，所以还可以上去；至于塔院的台阶总有二百多级，而且很峻急，看了也要目眩，心想这一定是不行吧，没有一回想到要上去过。塔院下面有许多大树，很是凉快，时常同了丰一到那里看石碑，随便散步。

　　有一天，正在碑亭外走着，秦也从底下上来了。一只长圆形的柳条篮套在左腕上，右手拿着一串连着枝叶的樱桃似的果实。见了丰一，他突然伸出那只手，大声说道，"这个送你"。丰一跳着走去，也大声问道：

　　"这是什么？"

　　"郁李。"

　　"哪里拿来的？"

　　"你不用管。你拿去好了。"他说着，在狡狯似的脸上现出亲和的微笑，将果实交给丰一了。他嘴里动着，好像正吃着这果实。我们拣了一颗红的吃了，有李子的气味，却是很酸。丰一还想问他什么话，秦已经跳到台阶底下，说着"一，二，三"，便两三级当作一步，走了上去，不久就进了塔院第一个的石的穹门，随即不见了。

　　这已经是半月以前的事情了。丰一因为学校将要开学，也回到家里去了。

昨天的上午，掌柜的侄子飘然的来了。他突然对秦说，要收店了，叫他明天早上回去。这事情太鹘突，大家都觉得奇怪，后来仔细一打听，才知道因为掌柜知道了秦的作弊，派他的侄子来查办的。三四角钱卖掉的汽水，都登了两角的账，余下的都没收了，存放在一个和尚那里，这件事情不知道有谁用了电话告诉了掌柜。侄子来了之后，不知道又在哪里打听了许多话，说秦买怎样的好东西吃，半个月里吸了几盒的香烟，于是证据确凿，终于决定把他赶走了。

秦自然不愿意出去，非常的颓唐，说了许多辩解，但是没有效。到了今天早上，平常起的很早的秦还是睡着，侄子把他叫醒，他说是头痛，不肯起来。然而这也是无益的了，不到三十分钟的工夫，秦悄然的出了般若堂去了。

我正在有那大的黑铜的弥勒菩萨坐着的门外散步。秦从我的前面走过，肩上搭着被囊，一边的手里提了盛着一点点的日用品的那一只柳条篮。从对面来的一个寺里的佃户见了他问道，

"哪里去呢？"

"回北京去！"他用了高兴的声音回答，故意的想隐藏过他的忧郁的心情。

我觉得非常的寂寥。那时在塔院下所见的浮着亲和的微笑的狡狯似的面貌，不觉又清清楚楚的再现在我的心眼的前面了。我立住了，暂时望着他行的走下那长的石阶去的寂寞的后影。

南北的点心

一九五六年作，未刊稿。

据手迹排印。

中国地大物博，风俗与土产随地各有不同，因为一直缺少人纪录，有许多值得也是应该知道的事物，我们至今不能知道清楚，特别是关于衣食住的事项。我这里只就点心这个题目，依据浅陋所知，来说几句话，希望抛砖引玉，有旅行既广，游历又多的同志们，从各方面来报道出来，对于爱乡爱国的教育，或者也不无小补吧。

我是浙江东部人，可是在北京住了将近四十年，因此南腔北调，对于南北情形都知道一点，却没有深厚的了解。据我的观察来说，中国南北两路的点心，根本性质上有一个很大的区别，简单的下一句断语，北方的点心是常食的性质，南方的则是闲食。我们只看北京人家做饺子馄饨面总是十分茁实，馅决不考究；面用芝麻酱拌，最好也只是炸酱；馒头全是实心。本来是代饭用的，只要吃饱就好，所以并不求精。

若是回过来走到东安市场，往五芳斋去叫了来吃，尽管是同样名称，做法便大不一样，别说蟹黄包子，鸡肉馄饨，就是一碗三鲜汤面，也是精细鲜美的，可是有一层，这决不可能吃饱当饭，一则因为价钱比较贵，二则昔时无此习惯。后来上海也有阳春面，可以当饭了，但那是新时代的产物，在老辈看来，是不大可以为训的。

我母亲如果在世，已有一百岁了，她生前便是绝对不承认点心可以当饭的，有时生点小毛病，不喜吃大米饭，随叫家里做点馄饨或面来充饥，即使一天里仍然吃过三回，她却总说今天胃口不开，因为吃不下饭去，因此可以证明那馄饨和面都不能算是饭。这种论断，虽然有点儿近于武断，但也可以说是有客观的佐证，因为南方的点心是闲食，做法也是趋于精细鲜美，不取苗实一路的。上文五芳斋固然是很好的例子，我还可以再举出南方做烙饼的方法来，更为具体，也有意思。

我们故乡是在钱塘江的东岸，那里不常吃面食，可是有烙饼这物事。这里要注意的，是烙不读作老字音，乃是"洛"字入声，又名为山东饼，这证明原来是模仿大饼而作的，但是烙法却大不相同了。乡间卖馄饨面和馒头都分别有专门的店铺，唯独这烙饼只有摊，而且也不是每天都有，这要等待那里有社戏，才有几个摆在戏台附近，供看戏的人买吃，价格是每个制钱三文，计油条价二文，葱酱和饼只要一文罢了。做法是先将原本两折的油条扯开，改作三折，在熬盘上烤焦，同时在预先做好的直径约二寸，厚约一分的圆饼上，满搽红酱和辣酱，撒上葱花，卷在油条外面，再烤一下，就做成了。它的特色是油条加葱酱烤过，香辣好吃，那所谓饼只是包裹油条的东西，乃是客而非主，拿来与北方原来的大饼相比，厚大如茶盘，卷上黄酱大葱，大嚼一张，可供一饱，这里便显出很大的不同来了。

上边所说的点心偏于面食一方面，这在北方本来不算是闲食吧。此外还有一类干点心，北京称为饽饽，这才当作闲食，大概与南方则无什么差别。但是这里也有一点不同，据我的考察，北方的点心历史古，南方的历史新，古者可能还有唐宋遗制，新的只是明朝中叶吧。点心铺招牌上有常用的两句话，我想借来用在这里，似乎也还适当，北方可以称为"官礼茶食"，南方则是"嘉湖细点"。

我们这里且来作一点烦琐的考证，可以多少明白这时代的先后。查清顾张思的《土风录》卷六，点心条下云："小食曰点心，见吴曾《漫录》。唐郑傪为江淮留后，家人备夫人晨馔，夫人谓其弟曰：'治妆未毕，我未及餐，尔且可点心。'俄而女仆请备夫人点心，傪诟曰：'适已点心，今何得又请！'"由此可知点心古时即是晨馔。同书又引周辉《北辕录》云："洗漱冠栉毕，点心已至。"后文说明点心中馒头馄饨包子等，可知是说的水点心，在唐朝已有此名了。

茶食一名，据《土风录》云："干点心曰茶食，见宇文懋昭《金志》：'婿先期拜门，以酒馔往，酒三行，进大软脂小软脂，如中国寒具，又进蜜糕，人各一盘，曰茶食。'《北辕录》云：金国宴南使，未行酒，先设茶筵，进茶一盏，谓之茶食。"茶食是喝茶时所吃的，与小食不同，大软脂，大抵有如蜜麻花，蜜糕则明系蜜饯之类了。从文献上看来，点心与茶食两者原有区别，性质也就不同，但是后来早已混同了，本文中也就混用，那招牌上的话也只是利用现代文句，茶食与细点作同意语看，用不着再分析了。

我初到北京来的时候，随便在饽饽铺买点东西吃，觉得不大满意，曾经埋怨过这个古都市，积聚了千年以上的文化历史，怎么没有做出些好吃的点心来。老实说，北京的大八件小八件，尽管名称不同，吃起来不免单调，正和五芳斋的前例一样，东安市场内的稻香春所做南式茶食，并不齐备，但比起来也显得花样要多些了。

过去时代，皇帝向在京里，他的享受当然是很豪华的，却也并不曾创造出什么来，北海公园内旧有"仿膳"，是前清膳房的做法，所做小点心，看来也是平常，只是做得小巧一点而已。南方茶食中有些东西，是小时候熟悉的，在北京都没有，也就感觉不满足，例如糖类的酥糖，麻片糖，寸金糖，片类的云片糕，椒桃片，松仁片，软糕类的松子糕，枣子糕，蜜仁糕，桔红糕等。此外有缠类，如松仁缠，核桃缠，乃是在干果上包糖，算是上品茶食，其实倒并不怎么好吃。

南北点心粗细不同，我早已注意到了，但这是怎么一个系统，为什么有这差异？那我也没有法子去查考，因为孤陋寡闻，而且关于点心的文献，实在也不知道有什么书籍。但是事有凑巧，不记得是那一年，或者什么原因了，总之见到几件北京的旧式点心，平常不大碰见，样式有点别致的，这使我忽然大悟，心想这岂不是在故乡见惯的"官礼茶食"么？

故乡旧式结婚后，照例要给亲戚本家分"喜果"，一种是干果，计核桃，枣子，松子，榛子，讲究的加荔枝，桂圆。又一种是干点心，记不清它的名字。查范寅《越谚》饮食门下，记有金枣和珑缠豆两种，此外我还记得有佛手酥，菊花酥和蛋黄酥等三种。这种东西，平时不易销，店铺里也不常备，要结婚人家订购才有，样子虽然不差，但材料不大考究，即使是可以吃得的佛手酥，也总不及红绫饼或梁湖月饼，所以喜果送来，只供小孩们胡乱吃一阵，大人是不去染指的。可是这类喜果却大抵与北京的一样，而且结婚时节非得使用不可。云片糕等虽是比较要好，却是决不使用的。这是什么理由？

这一类点心是中国旧有的，历代相承，使用于结婚仪式。一方面时势转变，点心上发生了新品种，然而一切仪式都是守旧的，不轻易容许改变，因此即使是送人的喜果，也有一定的规矩，要定做现今市上不通行了的物品来使用。同是一类茶食，在甲地尚在通行，在乙地已出了新的品种，只留着用于"官礼"，这便是南北点心情形不同的缘因了。

上文只说得"官礼茶食"，是旧式的点心，至今流传于北方。至于南方点心的来源，那还得另行说明。"嘉湖细点"这四个字，本是招牌和仿单上的口头禅，现在正好借用过来，说明细点的来源。因为据我的了解，那时期当为前明中叶，而地点则是东吴西浙，嘉兴湖州正是代表地方。我没有文书上的资料，来证明那时吴中饮食丰盛奢华的情形，但以近代苏州饮食风靡南方的事情来作比，这里有点类似。

明朝自永乐以来，政府虽是设在北京，但文化中心一直还是在江南一带。那里官绅富豪生活奢侈，茶食一类就发达起来。就是水点心，在北方作为常食的，也改作得特别精美，成为以赏味为目的的闲食了。这南北两样的区别，在点心上存在得很久，这里固然有风俗习惯的关系，一时不易改变；但在"百花齐放"的今日，这至少该得有一种进展了吧。其实这区别不在于质而只是量的问题，换一句话即是做法的一点不同而已。我们前面说过，家庭的鸡蛋炸酱面与五芳斋的三鲜汤面，固然是一例。此外则有大块粗制的窝窝头，与"仿膳"的一碟十个的小窝窝头，也正是一样的变化。

北京市上有一种爱窝窝，以江米煮饭捣烂（即是糍粑）为皮，中裹糖馅，如元宵大小。李光庭在《乡言解颐》中说明它的起源云：相传明世中宫有嗜之者，因名曰御爱窝窝，今但曰爱而已。这里便是一个例证，在明清两朝里，窝窝头一件食品，便发生了两个变化了。本来常食闲食，都有一定习惯，不易轻轻更变，在各处都一样是闲食的干点心则无妨改良一点做法，做得比较精美，在人民生活水平日益提高的现在，这也未始不是切合实际的事情吧。国内各地方，都富有不少有特色的点心，就只因为地域所限，外边人不能知道，我希望将来不但有人多多报道，而且还同土产果品一样，陆续输到外边来，增加人民的口福。

窝窝头的历史

"窝窝头"极是嫩小的东西，
但不料有这么一段有意思的历史，
可见在有些吃食东西上如加以考究，
也一定有许多事情可以发现的。

北方杂粮以玉米为主，玉米粉称为棒子面，亦称杂和面。因为俗称玉米为棒子，故得此名。南方人不懂，故有误解。从前的小说上，说穷苦妇女流着眼泪，把棒子面一根根往嘴里送。玉米面中掺和豆面在内，故称杂和，其实这如三七比例的掺入，就特别显得香甜，所以不算是什么粗粮，不过做成窝窝头，乃有似黑面包，普通当作穷人的食粮罢了。南方如浙东台州等处，老百姓也通常吃玉米面，却称作六谷糊。光绪丁酉年距今刚刚一周甲，我住在杭州，一个姓宋的保姆是台州人，经常带来吃，里边加上白薯，小时候倒觉得是很好吃的。普通做了饼来吃，便是所谓窝窝头，乃是做成圆锥形，而空其中，有拳头那么大，因为底下是个窝，故得是名。老百姓吃这东西，大概起源很早，历史上找不着纪录，当起于有玉米的时候了。本来这些事用不着努力去找它的缘起，现在不过如偶尔找到一点纪录，知道有什么时代，已经有过，那也未始不是很有意思的事吧。

窝窝头起源的历史是不可考了，但我们知道至少在明朝已经有这个名称，即是去今有三百多年的历史了。李光庭著《乡言解颐》卷五，载刘宽夫《日下七事诗》，末章中说及"爱窝窝"，小注云，"窝窝以糯米粉为之，状如元宵粉荔，中有糖焰，蒸熟外糁白粉，上作一凹，故名窝窝。田间所食则用杂粮面为之，大或至斤许，其下一窝如旧而复之。茶馆所制甚小，曰爱窝窝，相传明世中宫有嗜之者，因名御爱窝窝，今但曰爱而已。"照这样说，爱窝窝由于御爱窝窝的缩称，那末可见窝窝头的名称在明朝那时候已经有了。这也就是说，农民用玉米面做这种食品，用这个名称，也已经很久了。

天下事无独有偶，窝窝头的故事还有下文。北海公园有一家饭馆名叫"仿膳"，是仿御膳房的做法的意思。他们的有名食品里边，便有一种"小窝窝头"，据说是从前做来"供御"的，用栗子粉和入，现在则只以黄豆玉米粉加糖而已。所以北京市面上除真正窝窝头以外，还有两种爱窝窝与小窝窝头，留下一点历史的痕迹。"窝窝头"极是微小的东西，但不料有这么一段有意思的历史，可见在有些吃食东西上如加以考究，也一定有许多事情可以发现的。

炒栗子

刊一九四〇年六月一日《中和》。

日前偶读陆祁孙的《合肥学舍札记》，卷一有都门旧句一则云：

往在都门得句云，栗香前市火，菊影故园霜。卖炒栗时人家方莳菊，往来花担不绝，自谓写景物如画。后见蔡浣霞銮扬诗，亦有栗香前市火，杉影后门钟之句，未知孰胜。

将北京的炒栗子做进诗里去，倒是颇有趣味的事。我想芗婴居士文昭诗中常咏市井景物，当必有好些材料，可惜《紫幢轩集》没有买到，所有的虽然是有"某某堂"藏印的书，可是只得《画屏斋稿》等三种，在《艾集》下卷找到时果三章，其二是栗云：

风戾可充冬，食新先用炒。手剥下夜茶，钉梆妃红枣。北路虽上番，不如东路好。

居士毕竟是不凡，这首诗写得很有风趣，非寻常咏物诗之比，我很觉得喜欢，虽然自己知道诗是我所不大懂的。说到炒栗，自然第一联想到的是放翁的《笔记》，但是我又记起清朝还有些人说过，便就近先从赵云松的《陔余丛考》查起，在卷三十三里找到京师炒栗一条，其文云：

今京师炒栗最佳，四方皆不能及。按宋人小说，汴京李和炒栗名闻四方，绍兴中陈长卿及钱恺使金，至燕山，忽有人持炒栗十枚来献，自白曰，汴京李和儿也，挥涕而去。盖金破汴后流转于燕，仍以炒栗世其业耳，然则今京师炒栗是其遗法耶。

这里所说似乎有点不大可靠，如炒栗十枚便太少，不像是实有的事。其次在郝兰皋的《晒书堂笔录》卷四有炒栗一则云：

栗生啖之益人，而新者微觉寡味，干取食之则味佳矣，苏子由服栗法亦是取其极干者耳。然市肆皆传炒栗法。余幼时自塾晚归，闻街头唤炒栗声，舌本流津，买之盈袖，恣意咀嚼，其栗殊小而壳薄，中实充满，炒用糖膏则壳极柔脆，手微剥之，壳肉易离而皮膜不黏，意甚快也。及来京师，见市肆门外置柴锅，一人向火，一人坐高兀子上，操长柄铁勺频搅之令匀遍。其栗稍大，而炒制之法，和以濡糖，藉以粗沙亦如余幼时所见，而甜美过之，都市炫鬻，相染成风，盘饤间称佳味矣。偶读《老学庵笔记》二，言故都李和炒栗名闻四方，他人百计效之，终不可及。绍兴中陈福公及钱上阁出使虏庭，至燕山忽有两人持炒粟各十裹来献，三节人亦人得一裹，自赞曰李和儿也，挥涕而去。惜其法竟不传，放翁虽著记而不能究言其详也。

所谓宋人小说，盖即是《老学庵笔记》，十枚亦可知是十裹之误。郝君的是有情趣的人，学者而兼有诗人的意味，故所记特别有意思，如写炒栗之特色，炒时的情状，均简明可喜，《晒书堂集》中可取处甚多，此其一例耳。糖炒栗子法在中国殆已普遍，李和家想必特别佳妙，赵君以为京师市肆传其遗法，恐未必然。绍兴亦有此种炒栗，平常系水果店兼营，与北京之多由干果铺制售者不同。案孟元老著《东京梦华录》卷八，立秋项下说及李和云：

鸡头上市，则梁门里李和家最盛。士庶买之，一裹十文，用小新荷叶包，糁以麝香，红小索儿系之。卖者虽多，不及李和一色拣银皮子嫩者货之。

李李村著《汴宋竹枝词》百首，曾咏其事云：

明珠的的价难酬，昨夜南风荚嘴浮，似向胸前解罗被，碧荷叶裹嫩鸡头。

这样看来，那么李和家原来岂不也就是一爿鲜果铺么？

放翁的笔记原文已见前引《晒书堂笔录》中，兹不再抄。三年前的冬天偶食炒栗，记起放翁来，陆续写二绝句，致其怀念，时已近岁除矣，其词云：

　　燕山柳色太凄迷，话到家园一泪垂，长向行人供炒栗，伤心最是
李和儿。

　　家祭年年总是虚，乃翁心愿竟何如。故园未毁不归去，怕出偏门
过鲁墟。

　　先祖母孙太君家在偏门外，与快阁比邻，蒋太君家鲁墟，即放翁诗
所云轻帆过鲁墟者是也。案《嘉泰会稽志》卷十七草部，荷下有云：

　　"出偏门至三山多白莲，出三江门至梅山多红莲。夏夜香风率
一二十里不绝，非尘境也，而游者多以昼，故不尽知。"出偏门至三山，
不佞儿时往鲁墟去，正是走这条道，但未曾见过莲花，盖田中只是稻，
水中亦唯有大菱茭白，即鸡头子也少有人种植。近来更有二十年以上不
曾看见，不知是什么形状矣。

廿九年三月二十日

卖糖

小时候吃的东西，

味道不必甚佳，

过后思量每多佳趣，

往往不能忘记。

崔晓林著《念堂诗话》卷二中有一则云：

"《日知录》谓古卖糖者吹箫，今鸣金。予考徐青长诗，敲锣卖夜糖，是明时卖饧鸣金之明证也。"案此五字见《徐文长集》卷四，所云青长当是青藤或文长之误。原诗题曰《昙阳》，凡十首，其五云：

"何事移天竺，居然在太仓。善哉听白佛，梦已熟黄粱。托钵求朝饭，敲锣卖夜糖。"所咏当系王锡爵女事，但语颇有费解处，不佞亦只能取其末句，作为夜糖之一左证而已，查范啸风著《越谚》卷中饮食类中，不见夜糖一语，即梨膏糖亦无，不禁大为失望。绍兴如无夜糖，不知小人们当更如何寂寞，盖此与炙糕二者实是儿童的恩物，无论野孩子与大家子弟都是不可缺少者也。夜糖的名义不可解，其实只是圆形的硬糖，平常亦称圆眼糖，因形似龙眼故，亦有尖角者，则称粽子糖，共有红白黄三色，每粒价一钱，若至大路口糖色店去买，每十粒只七八文即可，但此是三十年前价目，现今想必已大有更变了。梨膏糖每块须四文，寻常小孩多不敢问津，此外还有一钱可买者有茄脯与梅饼。以沙糖煮茄子，略晾干，原以斤两计，卖糖人切为适当的长条，而不能无大小，小儿多较量择取之，是为茄脯。梅饼者，黄梅与甘草同煮，连核捣烂，范为饼如新铸一分铜币大，吮食之别有风味，可与青盐梅竞爽也。卖糖者大率用担，但非是肩挑，实只一筐，俗名桥篮，上列木匣，分格盛糖，盖以玻璃，有木架交叉如交椅，置篮其上，以待顾客，行则叠架夹胁下，左臂操筐，俗语曰桥。虚左手持一小锣，右手执木片如笏状，击之声镗镗然，此即卖糖之信号也，小儿闻之惊心动魄，殆不下于货郎之惊闺与唤娇娘焉。此锣却又与他锣不同，直径不及一尺，窄边，不系索，击时以一指抵边之内缘，与铜锣之提索及用锣槌者迥异，民间称之曰镗锣，第一字读如国音汤去声，盖形容其声如此。虽然亦是金属无疑，但小说上常见鸣金收军，则与此又截不相像，顾亭林云卖饧者今鸣金，原不能说错，若云笙统殆不能免，此则由于用古文之故，或者也不好单与顾君为难耳。

卖糕者多在下午，竹笼中生火，上置熬盘，红糖和米粉为糕，切片炙之，每片一文，亦有麻糍，大呼曰麻糍荷炙糕。荷者语助词，如萧老老公之荷荷，唯越语更带喉音，为他处所无。早上别有卖印糕者，糕上有红色吉利语，此外如蔡糖糕，茯苓糕，桂花年糕等亦具备，呼声则仅云卖糕荷，其用处似在供大人们做早点心吃，与炙糕之为小孩食品者又异。此种糕点来北京后便不能遇见，盖南方重米食，糕类以米粉为之，北方则几乎无一不面，情形自大不相同也。

小时候吃的东西，味道不必甚佳，过后思量每多佳趣，往往不能忘记。不佞之记得糖与糕，亦正由此耳。昔年读日本原公道著《先哲丛谈》卷三有讲朱舜水的几节，其一云：

"舜水归化历年所，能和语，然及其病革也，遂复乡语，则侍人不能了解。"（原本汉文）不佞读之怆然有感。舜水所语盖是余姚话也，不佞虽是隔县当能了知，其意亦唯不佞可解。余姚亦当有夜糖与炙糕，惜舜水不曾说及，岂以说了也无人懂之故欤。但是我又记起《陶庵梦忆》来，其中亦不谈及，则更可惜矣。

廿七年二月朴五日，漫记于北平知堂

附记

《越谚》不记糖色，而糕类则稍有叙述，如印糕下注云，"米粉为方形，上印彩粉文字，配馒头送喜寿礼。"又麻糍下云，"糯粉，馅乌豆沙，如饼，炙食，担卖，多吃能杀人。"末五字近于赘，盖昔曾有人赌吃麻糍，因以致死，范君遂书之以为戒，其实本不限于麻糍一物，即鸡骨头糕干如多吃亦有害也。看一地方的生活特色，食品很是重要，不但是日常饭粥，即点心以至闲食，亦均有意义，只可惜少有人注意，本乡文人以为琐屑不足道，外路人又多轻饮食而着眼于男女，往往闹出《闲话扬州》似的事件，其实男女之事大同小异，不值得那么用心，倒还不如各种吃食尽有滋味，大可谈谈也。

廿八日又记

羊肝饼

近时在中国市场上，
又查着羊肝饼的子孙，
仍旧叫作"羊羹"，
可是已经面目全非，
——因为它已加入
西洋点心的队伍里去了。

有一件东西，是本国出产的，被运往外国经过四五百年之久，又运了回来，却换了别一个面貌了。这在一切东西都是如此，但在吃食有偏好关系的物事，尤其显著，如有名茶点的"羊羹"，便是最好的一例。

"羊羹"这名称不见经传，一直到近时北京仿制，才出现市面上。这并不是羊肉什么做的羹，乃是一种净素的食品，系用小豆做成细馅，加糖精制而成，凝结成块，切作长物，所以实事求是，理应叫作"豆沙糖"才是正办。但是这在日本（因为这原是日本仿制的食品）一直是这样写，他们也觉得费解，加以说明，最近理的一种说法是，这种豆沙糖在中国本来叫作羊肝饼，因为饼的颜色相像，传到日本，不知因何传讹，称为羊羹了。虽然在中国查不出羊肝饼的故典，未免缺恨，不过唐朝时代的点心有哪几种，至今也实难以查清，所以最好承认，算是合理的说明了。

传授中国学问技术去日本的人，是日本的留学僧人，他们于学术之外，还把些吃食东西传过去。羊肝饼便是这些和尚带回去的食品，在公历十五六世纪"茶道"发达时代，便开始作为茶点而流行起来。在日本文化上有一种特色，便是"简单"，在一样东西上精益求精的干下来，在吃食上也有此风，于是便有一家专做羊肝饼（羊羹）的店，正如做昆布（海带）的也有专门店一样。结果是"羊羹"大大的有名，有纯粹豆沙的，这是正宗，也有加栗子的，或用柿子做的，那是旁门，不足重了。现在说起日本茶食，总第一要提出"羊羹"，不知它的祖宗是在中国，不过一时无可查考罢了。

近时在中国市场上，又查着羊肝饼的子孙，仍旧叫作"羊羹"，可是已经面目全非，——因为它已加入西洋点心的队伍里去了。它脱去了"简单"的特别衣服，换上了时髦装束，做成"奶油""香草"，各种果品的种类。我希望它至少还保留一种，有小豆的清香的纯豆沙的羊羹，熬得久一点，可以经久不变，却不可复得了。倒是做冰棍（上海叫棒冰）的在各式花样之中，有一种小豆的，用豆沙做成，很有点羊肝饼的意思，觉得是颇可吃得，何不利用它去制成一种可口的吃食呢。

辑三

你坐在船上，应该是游山的态度，看看四周物色，随处可见的山，岸旁的乌桕，河边的红蓼和白苹，渔舍，各式各样的桥，困倦的时候睡在舱中拿出随笔来看，或者冲一碗清茶喝喝。

乌篷船

你坐在船上，

应该是游山的态度，

看看四周物色，随处可见的山，

岸旁的乌桕，

河边的红蓼和白苹，渔舍，

各式各样的桥，

困倦的时候睡在舱中拿出随笔来看，

或者冲一碗清茶喝喝。

子荣君：

接到手书，知道你要到我的故乡去，叫我给你一点什么指导。老实说，我的故乡，真正觉得可怀恋的地方，并不是那里；但是因为在那里生长，住过十多年，究竟知道一点情形，所以写这一封信告诉你。

我所要告诉你的，并不是那里的风土人情，那是写不尽的，但是你到那里一看也就会明白的，不必罗唆地多讲。我要说的是一种很有趣的东西，这便是船。你在家乡平常总坐人力车，电车，或是汽车，但在我的故乡那里这些都没有，除了在城内或山上是用轿子以外，普通代步都是用船。船有两种，普通坐的都是"乌篷船"，白篷的大抵作航船用，坐夜航船到西陵去也有特别的风趣，但是你总不便坐，所以我就可以不说了。乌篷船大的为"四明瓦"（Symen-ngoa），小的为脚划船（划读uoa)亦称小船。但是最适用的还是在这中间的"三道"，亦即三明瓦。篷是半圆形的，用竹片编成，中夹竹箬，上涂黑油；在两扇"定篷"之间放着一扇遮阳，也是半圆的，木作格子，嵌着一片片的小鱼鳞，径约一寸，颇有点透明，略似玻璃而坚韧耐用，这就称为明瓦。三明瓦者，谓其中舱有两道，后舱有一道明瓦也。船尾用橹，大抵两支，船首有竹篙，用以定船。船头着眉目，状如老虎，但似在微笑，颇滑稽而不可怕，唯白篷船则无之。三道船篷之高大约可以使你直立，舱宽可以放下一顶方桌，四个人坐着打麻将——这个恐怕你也已学会了罢？小船则真是一叶扁舟，你坐在船底席上，篷顶离你的头有两三寸，你的两手可以搁在左右的舷上，还把手都露出在外边。在这种船里仿佛是在水面上坐，靠近田岸去时泥土便和你的眼鼻接近，而且遇着风浪，或是坐得少不小心，就会船底朝天，发生危险，但是也颇有趣味，是水乡的一种特色。不过你总可以不必去坐，最好还是坐那三道船罢。

你如坐船出去，可是不能像坐电车的那样性急，立刻盼望走到。倘若出城，走三四十里路（我们那里的里程是短，一里才及英里三分之一），来回总要预备一天。你坐在船上，应该是游山的态度，看看四周物色，随处可见的山，岸旁的乌桕，河边的红蓼和白苹，渔舍，各式各样的桥，困倦的时候睡在舱中拿出随笔来看，或者冲一碗清茶喝喝。偏门外的鉴湖一带，贺家池，壶觞左近，我都是喜欢的，或者往娄公埠骑驴去游兰亭（但我劝你还是步行，骑驴或者于你不很相宜），到得暮色苍然的时候进城上都挂着薜荔的东门来，倒是颇有趣味的事。倘若路上不平静，你往杭州去时可于下午开船，黄昏时候的景色正最好看，只可惜这一带地方的名字我都忘记了。夜间睡在舱中，听水声橹声，来往船只的招呼声，以及乡间的犬吠鸡鸣，也都很有意思。雇一只船到乡下去看庙戏，可以了解中国旧戏的真趣味，而且在船上行动自如，要看就看，要睡就睡，要喝酒就喝酒，我觉得也可以算是理想的行乐法。只可惜讲维新以来这些演剧与迎会都已禁止，中产阶级的低能人别在"布业会馆"等处建起"海式"的戏场来，请大家买票看上海的猫儿戏。这些地方你千万不要去。——你到我那故乡，恐怕没有一个人认得，我又因为在教书不能陪你去玩，坐夜船，谈闲天，实在抱歉而且惆怅。川岛君夫妇现在偶山下，本来可以给你介绍，但是你到那里的时候他们恐怕已经离开故乡了。初寒，善自珍重，不尽。

十五年十一月十八日夜，于北京

两株树

1931年3月10日刊《青年界》创刊号。

我对于植物比动物还要喜欢，原因是因为我懒，不高兴为了区区视听之娱一日三餐地去饲养照顾，而且我也有点相信"鸟身自为主"的迂论，觉得把他们活物拿来做囚徒当奚奴，不是什么愉快的事，若是草木便没有这些麻烦，让它们直站在那里便好，不但并不感到不自由，并且还真是生了根地不肯再动一动哩。但是要看树木花草也不必一定种在自己的家里，关起门来独赏，让它们在野外路旁，或是在人家粉墙之内也并不妨，只要我偶然经过时能够看见两三眼，也就觉得欣然，很是满足的了。

树木里边我所喜欢的第一种是白杨。小时候读《古诗十九首》，读过"白杨何萧萧，松柏夹广路"之句，但在南方终未见过白杨，后来在北京才初次看见。谢在杭著《五杂组》中云：

古人墓树多植梧楸，南人多种松柏，北人多种白杨。白杨即青杨也，其树皮白如梧桐，叶似冬青，微风击之辄渐沥有声，故古诗云，白杨多悲风，萧萧愁杀人。予一日宿邹县驿馆中，甫就枕即闻雨声，竟夕不绝，侍儿曰，雨矣。予讶之曰，岂有竟夜雨而无檐溜者？质明视之，乃青杨树也。南方绝无此树。

《本草纲目》卷三五下引陈藏器曰："白杨北土极多，人种墟墓间，树大皮白，其无风自动者乃杨栌，非白杨也。"又寇宗奭云："风才至，叶如大雨声，谓无风自动则无此事，但风微时其叶孤极处则往往独摇，以其蒂长叶重大，势使然也。"王象晋《群芳谱》则云杨有二种，一白杨，一青杨，白杨蒂长两两相对，遇风则簌簌有声，人多植之坟墓间，由此可知白杨与青杨本自有别，但"无风自动"一节却是相同。在史书中关于白杨有这样的两件故事：

《南史·萧惠开传》："惠开为少府，不得志，寺内斋前花草甚美，悉铲除，别植白杨。"

《唐书·契芯何力传》："龙翔中司稼少卿梁脩仁新作大明宫，植白杨于庭，示何力曰，此木易成，不数年可茇。何力不答，但诵白杨多悲风萧萧愁杀人之句，脩仁惊悟，更植以桐。"

这样看来，似乎大家对于白杨都没有什么好感。为什么呢？这个理由我不大说得清楚，或者因为它老是簌簌的动的缘故罢。听说苏格兰地方有一种传说，耶稣受难时所用的十字架是用白杨木做的，所以白杨自此以后就永远在发抖，大约是知道自己的罪孽深重。但是做钉的铁却似乎不曾因此有什么罪，黑铁这件东西在法术上还总有点位置的，不知何以这样地有幸有不幸。（但吾乡结婚时忌见铁，凡门窗上铰链等悉用红纸糊盖，又似别有缘故）我承认白杨种在墟墓间的确很好看，然而种在斋前又何尝不好，它那瑟瑟的响声第一有意思。我在前面的院子里种了一棵，每逢夏秋有客来斋夜话的时候，忽闻淅沥声，多疑是雨下，推户出视，这是别种树所没有的佳处。梁少卿怕白杨的萧萧改植梧桐，其实梧桐也何尝一定吉祥，假如要讲迷信的话，吾乡有一句俗谚云，"梧桐大如斗，主人搬家走"，所以就是别庄花园里也很少种梧桐的，这实在是一件很可惜的事，梧桐的枝干和叶子真好看，且不提那一叶落知天下秋的兴趣了。在我们的后院里却有一棵，不知已经有若干年了，我至今看了它十多年，树干还远不到五合的粗，看它大有黄杨木的神气，虽不厄闰也总长得十分缓慢呢。——因此我想到避忌梧桐大约只是南方的事，在北方或者并没有这句俗谤，在这里梧桐想要如斗大恐怕不是容易的事罢。

第二种树乃是乌桕，这正与白杨相反，似乎只生长于东南，北方很少见。陆龟蒙诗云，"行歇每依鸦舅影"，陆游诗云，"乌桕赤于枫，园林二月中"，又云，"乌桕新添落叶红"，都是江浙乡村的景象。《齐民要术》卷十列"五谷果蓏菜茹非中国物产者"，下注云"聊以存其名目，记其怪异耳，爰及山泽草木任食非人力所种者，悉附于此"，其中有"乌臼"一项，引《玄中记》云，荆阳有乌臼，其实如鸡头，迮之如胡麻子，其汁味如猪脂。《群芳谱》言："江浙之人，凡高山大道溪边宅畔无不种。"此外则江西安徽盖亦多有之。关于它的名字，李时珍说："乌喜食其子，因以名之。……或曰，其木老则根下黑烂成臼，故得此名。"我想这或曰恐太迂曲，此树又名鸦舅，或者与乌不无关系，乡间冬天卖野味有桕子鸟（读如呆鸟字），是道墟地方名物，此物殆是乌类乎，但是其味颇佳，平常所谓鸟肉几乎便指此鸟也。

柏树的特色第一在叶，第二在实。放翁生长稽山镜水间，所以诗中常常说及柏叶，便是那唐朝的张继寒山寺诗所云江枫渔火对愁眠，也是在说这种红叶。王端履著《重论文斋笔录》卷九论及此诗，注云："江南临水多植乌桕，秋叶饱霜，鲜红可爱，诗人类指为枫，不知枫生山中，性最恶湿，不能种之江畔也。此诗江枫二字亦未免误认耳。"范寅在《越谚》卷中柏树项下说："十月叶丹，即枫，其子可榨油，农皆植田边。"就把两者误合为一。罗逸长《青山记》云："山之麓朱村，盖考亭之祖居也，自此倚石啸歌，松风上下，遥望木叶着霜如渥丹，始见怪以为红花，久之知为乌桕树也。"《蓬窗续录》云："陆子渊《豫章录》言，饶信间柏树冬初叶落，结子放蜡，每颗作十字裂，一丛有数颗，望之若梅花初绽，枝柯诘曲，多在野水乱石间，远近成林，真可作画。此与柿树俱称美荫，园圃植之最宜。"这两节很能写出柏树之美，它的特色仿佛可以说是中国画的，不过此种景色自从我离了水乡的故国已经有三十年不曾看见了。

柏树子有极大的用处，可以榨油制烛。《越谚》卷中蜡烛条下注曰："卷芯草干，熬柏油拖蘸成烛，加蜡为皮，盖紫草汁则红。"汪曰桢著《湖雅》卷八中说得更是详细：

中置烛心，外裹乌桕子油，又以紫草染蜡盖之，曰柏油烛。用棉花子油者曰青油烛，用牛羊油者曰荤油烛。湖俗祀神祭先必燃两炬，皆用红柏烛。婚嫁用之曰喜烛，缀蜡花者曰花烛，祝寿所用曰寿烛，丧家则用绿烛或白烛，亦柏烛也。

日本寺岛安良编《和汉三才图会》五八引《本草纲目》语云："烛有蜜蜡烛虫蜡烛牛脂烛桕油烛。"后加案语曰：

案唐式云少府监每年供蜡烛七十挺，则元以前既有之矣。有数品，而多用木蜡牛脂蜡也。有油桐子蚕豆苍耳子等为蜡者，火易灭。有鲸鲲油为蜡者，其焰甚臭，牛脂蜡亦臭。近年制精，去其臭气，故多以牛蜡伪为木蜡，神佛灯明不可不辨。

但是近年来蜡烛恐怕已是倒了运，有洋人替我们造了电灯，其次也有洋蜡洋油，除了拿到妙峰山上去之外大约没有它的什么用处了。就是要用蜡烛，反正牛羊脂也凑合可以用得，神佛未必会得见怪，——日本真宗的和尚不是都要娶妻吃肉了么？那么桕油并不再需要，田边水畔的红叶白实不久也将绝迹了罢。这于国民生活上本来没有什么关系，不过在我想起来的时候总还有点怀念，小时候喜读《南方草木状》《岭表录异》和《北户录》等书，这种脾气至今还是存留着，秋天买了一部大板的《本草纲目》，很为我的朋友所笑，其实也只是为了这个缘故罢了。

十九年十二月二十五日，于北平煆药庐

水里的东西

1930年5月12日刊《骆驼草》1期。

我是在水乡生长的，所以对于水未免有点情分。学者们说，人类曾经做过水族，小儿喜欢弄水，便是这个缘故。我的原因大约没有这样远，恐怕这只是一种习惯罢了。

水有什么可爱呢？这件事是说来话长，而且我也有点儿说不上来。我现在所想说的单是水里的东西。水里有鱼虾，螺蚌，茭白，菱角，都是值得记忆的，只是没有这些工夫来一一纪录下来，经了好几天的考虑，决心将动植物暂且除外。——那么，是不是想来谈水底里的矿物类么？不，决不。我所想说的，连我自己也不明白它是那一类，也不知道它究竟是死的还是活的，它是这么一种奇怪的东西。

我们乡间称它作Ghosychiü，写出字来就是"河水鬼"。它是溺死的人的鬼魂。既然是五伤之一，——五伤大约是水、火、刀、绳、毒罢，但我记得又有虎伤似乎在内，有点弄不清楚了，总之水死是其一，这是无可疑的,所以它照例应"讨替代"。听说吊死鬼时常骗人从圆窗伸出头去,看外面的美景(还是美人?),倘若这人该死,头一伸时可就上了当,再也缩不回来了。河水鬼的法门也就差不多是这一类,它每幻化为种种物件,浮在岸边,人如伸手想去捞取,便会被拉下去,虽然看来似乎是他自己钻下去的。假如吊死鬼是以色迷,那么河水鬼可以说是以利诱。它平常喜欢变什么东西,我没有打听清楚,我所记得的只是说变"花棒槌",这是一种玩具,我在儿时听见所以特别留意,至于所以变这玩具的用意,或者是专以引诱小儿亦未可知。但有时候它也用武力,往往有乡人游泳,忽然沉了下去,这些人都是像虾蟆一样地"识水"的,论理绝不会失足,所以这显然是河水鬼的勾当,只有外道才相信是由于什么脚筋拘挛或心脏麻痹之故。

照例,死于非命的应该超度,大约总是念经拜忏之类,最好自然是"翻九楼",不过翻的人如不高妙,从七七四十九张桌子上跌了下来的时候,那便别样地死于非命,又非另行超度不可了。翻九楼或拜忏之后,鬼魂理应已经得度,不必再讨替代了,但为防万一危险计,在出事地点再立一石幢,上面刻南无阿弥陀佛六字,或者也有刻别的文句的罢,我却记不起来了。在乡下走路,突然遇见这样的石幢,不是一件很愉快的事,特别是在傍晚,独自走到渡头,正要下四方的渡船亲自拉船索渡过去的时候。

话虽如此,此时也只是毛骨略略有点耸然,对于河水鬼却压根儿没有什么怕,而且还简直有点儿可以说是亲近之感。水乡的住民对于别的死或者一样地怕,但是淹死似乎是例外,实在怕也怕不得许多,俗语云,瓦罐不离井上破,将军难免阵前亡,如住水乡而怕水,那么只好搬到山上去，虽然那里又有别的东西等着，老虎、马熊。我在大风暴中渡过几回大树港，坐在二尺宽的小船内在白鹅似的浪上乱滚，转眼就可以沉到底去，可是像烈士那样从容地坐着，实在觉得比大元帅时代在北京还要不感到恐怖。还有一层，河水鬼的样子也很有点爱娇。普通的鬼保存它死时的形状，譬如虎伤鬼之一定大声喊阿唷，被杀者之必用一只手提了它自己的六斤四两的头之类，唯独河水鬼则不然，无论老的小的村的俊的，一掉到水里去就都变成一个样子，据说是身体矮小，很像是一个小孩子，平常三五成群，在岸上柳树下"顿铜钱"，正如街头的野孩子一样，一被惊动便跳下水去，有如一群青蛙，只有这个不同，青蛙跳时"不东"的有水响，有波纹，它们没有。为什么老年的河水鬼也喜欢摊钱之戏呢？这个，乡下懂事的老辈没有说明给我听过，我也没有本领自己去找到说明。

我在这里便联想到了在日本的它的同类。在那边称作"河童"，读如Kappa，说是Kawawappa之略，意思即是川童二字，仿佛芥川龙之介有过这样名字的一部小说，中国有人译为"河伯"，似乎不大妥贴。这与河水鬼有一个极大的不同，因为河童是一种生物，近于人鱼或海和尚。它与河水鬼相同要拉人下去，但也喜欢拉马，喜欢和人角力。它的形状大概如猿猴，色青黑，手足如鸭掌，头顶下凹如碟子，碟中有水时其力无敌，水涸则软弱无力，顶际有毛发一圈，状如前刘海，日本儿童有蓄此种发者至今称作河童发云。柳田国男在《山岛民谭集》（1914）中有一篇"河童驹引"的研究，冈田建文的《运动界灵异志》（1927）第三章也是讲河童的，他相信河童是实有的动物，引《幽明录》云，"水媪一名蝹童，一名水精，裸形人身，长三五尺，大小不一，眼耳鼻舌唇皆具，头上戴一盆，受水三五升，只得水勇猛，失水则无勇力"，以为就是日本的河童。关于这个问题我们无从考证，但想到河水鬼特别不像别的鬼的形状，却一律地状如小儿，仿佛也另有意义，即使与日本河童的迷信没有什么关系，或者也有水中怪物的分子混在里边，未必纯粹是关于鬼的迷信了罢。

十八世纪的人写文章，末后常加上一个尾巴，说明寓意，现在觉得也有这个必要，所以添写几句在这里。人家要怀疑，即使如何有闲，何至于谈到河水鬼去呢？是的，河水鬼大可不谈，但是河水鬼的信仰以及有这信仰的人却是值得注意的。我们平常只会梦想，所见的或是天堂，或是地狱，但总不大愿意来望一望这凡俗的人世，看这上边有些什么人，是怎么想。社会人类学与民俗学是这一角落的明灯，不过在中国自然还不发达，也还不知道将来会不会发达。我愿意使河水鬼来做个先锋，引起大家对于这方面的调查与研究之兴趣。我想恐怕喜欢顿铜钱的小鬼没有这样力量，我自己又不能做研究考证的文章，便写了这样一篇闲话，要想去抛砖引玉实在有点惭愧，但总之关于这方面是"伫候明教"。

十九年五月

苋菜梗

1931 年 10 月 26 日作。

近日从乡人处分得腌苋菜梗来吃,对于苋菜仿佛有一种旧雨之感。苋菜在南方是平民生活上几乎没有一天缺的东西,北方却似乎少有,虽然在北平近来也可以吃到嫩苋菜了。查《齐民要术》中便没有讲到,只有卷十列有人苋一条,引《尔雅》郭注,但这一卷所讲都是"五谷果蓏菜茹非中国物产者",而《南史》中则常有此物出现,如《王智深传》云:"智深家贫无人事,尝饿五日不得食,掘苋根食之。"又《蔡樽附传》云,"樽在吴兴不饮郡斋井,斋前自种白苋紫茄以为常饵,诏褒其清",都是很好的例。

苋菜据《本草纲目》说共有五种,马齿苋在外。苏颂曰:

人苋白苋俱大寒,其实一也,但大者为白苋,小者为人苋耳,其子霜后方熟,细而色黑。紫苋叶通紫,吴人用染爪者,诸苋中唯此无毒不寒。赤苋亦谓之花苋,茎叶深赤,根茎亦可糟藏,食之甚美味辛。五色苋今亦稀有，细苋俗谓之野苋，猪好食之，又名猪苋。

李时珍曰："苋并三月撒种，六月以后不堪食，老则抽茎如人长，开细花成穗，穗中细子扁而光黑，与青箱子鸡冠子无别，九月收之。"《尔雅》释草："蒉赤苋"，郭注云："今之苋赤茎者。"郝懿行疏乃云："今验赤苋茎叶纯紫，浓如燕支，根浅赤色，人家或种以饰园庭，不堪啖也。"照我们经验来说，嫩的紫苋固然可以瀹食，但是"糟藏"的却都用白苋，这原只是一乡的习俗，不过别处的我不知道，所以不能拿来比较了。

说到苋菜同时就不能不想到甲鱼。《学圃馀疏》云："苋有红白二种，素食者便之，肉食者忌与鳖共食。"《本草纲目》引张鼎曰："不可与鳖同食，生鳖痕，又取鳖肉如豆大，以苋菜封裹置土坑内，以土盖之，一宿尽变成小鳖也。"其下接联地引汪机曰："此说屡试不验。"《群芳谱》采张氏的话稍加删改，而末云"即变小鳖"之后却接写一句"试之屡验"，与原文比较来看未免有点滑稽。这种神异的物类感应，读了的人大抵觉得很是好奇，除了雀入大水为蛤之类无可着手外，总想怎么来试他一试，苋菜鳖肉反正都是易得的材料，一经实验便自分出真假，虽然也有越试越胡涂的，如《酉阳杂俎》所记："蝉未脱时名复育，秀才韦翾庄在杜曲，常冬中掘树根，见复育附于朽处，怪之，村人言蝉固朽木所化也，翾因剖一视之，腹中犹实烂木。"这正如剖鸡胃中皆米粒，遂说鸡是白米所化也。苋菜与甲鱼同吃，在三十年前曾和一位族叔试过，现在族叔已将七十了，听说还健在，我也不曾肚痛，那么鳖痕之说或者也可以归入不验之列了罢。

苋菜梗的制法须俟其"抽茎如人长"，肌肉充实的时候，去叶取梗，切作寸许长短，用盐腌藏瓦坛中，候发酵即成，生熟皆可食。平民几乎家家皆制，每食必备，与干菜腌菜及螺蛳霉豆腐千张等为日用的副食物，苋菜梗卤中又可浸豆腐干，卤可蒸豆腐，味与"溜豆腐"相似，稍带枯涩，别有一种山野之趣。读外乡人游越的文章，大抵众口一词地讥笑土人之臭食，其实这是不足怪的，绍兴中等以下的人家大都能安贫贱，敝衣恶食，终岁勤劳，其所食者除米而外唯菜与盐，盖亦自然之势耳。干腌者有干菜，湿腌者以腌菜及苋菜梗为大宗，一年间的"下饭"差不多都在这里。《诗》云，"我有旨蓄，亦以御冬"，是之谓也，至于存置日久，干腌者别无问题。湿腌则难免气味变化，顾气味有变而亦别具风味，此亦是事实，原无须引西洋干酪为例者也。

　　《邵氏闻见录》云，汪信民常言，人常咬得菜根则百事可做，胡康侯闻之击节叹赏。俗语亦云，布衣暖，菜根香。读书滋味长。明洪应明遂作《菜根谈》以骈语述格言，《醉古堂剑扫》与《娑罗馆清言》亦均如此，可见此体之流行一时了。咬得菜根，吾乡的平民足以当之，所谓菜根者当然包括白菜芥菜头。萝葡芋艿之类。而苋菜梗亦附其下。至于苋根虽然救了王智深的一命，实在却无可吃，因为这只是梗的末端罢了，或者这里就是梗的别称也未可知。咬了菜根是否百事可做，我不能确说，但是我觉得这是颇有意义的，第一可以食贫，第二可以习苦，而实在却也有清淡的滋味，并没有戟这样难吃，胆这样难尝。这个年头儿人们似乎应该学得略略吃得起苦才好。中国的青年有些太娇养了，大抵连冷东西都不会吃，水果冰激淋除外，我真替他们忧虑，将来如何上得前敌，至于那粉泽不去手，和穿红里子的夹袍的更不必说了。我知道在乱世的生活法中耽溺亦是其一，不满于现世社会制度而无从反抗，往往沉浸于醇酒妇人以解忧闷，与山中饿夫殊途而同归，后之人略迹原心，也不敢加以菲薄，不过这也只是近于豪杰之徒才可以，绝不是我们凡人所得以援引的而已。——喔，似乎离本题太远了，还是就此打住，有话改天换了题目再谈罢。

二十年十月二十六日，于北平

案山子

1931年10月11日作。

前几天在市场买了一本《新月》，读完罗隆基先生的论文之后，再读《四十自述》，这是《在上海》的下半篇，胡适之先生讲他自己作诗文的经验，觉得很有趣味。其中特别是这一节："我记得我们试译 Thomas Campbell 的 'The Soldier's Dream' 一篇诗，中有 scarecrow 一个字，我们大家想了几天，想不出一个典雅的译法。"这个 scarecrow 不知道和我有什么情分，总觉得他是怪好玩的东西，引起我的注意。我查下页胡先生的译诗，第五六两句云："枕戈藉草亦邁然，时见刍人影摇曳。"末后附注云："刍人原作刍灵，今年改。"案《礼记·檀弓下》郑氏注云："刍灵，束茅为人马，谓之灵者，神之类。"可见得不是田家的东西，叫他作刍人，正如叶圣陶先生的"稻草人"，自然要好一点了，但是要找一个的确的译语，却实在不容易。所谓《华英字典》之流不必说了，手头也一册都没有，所以恕不查考，严几道的《英文汉诂》在一九〇四年出版，是同类中最典雅最有见识的一本书，二十七八年来我这意见还是一致，记得在"制字"篇中曾有译语，拿出来一翻，果然在第一百十节中有这一行云："Scarecrow，吓鸦，草人用于田间以逐鸟雀者。"这个吓鸦的名称我清清楚楚地记在心里，今天翻了出来，大有旧雨重逢的快乐，这明白地是意译，依照"惊闺"等例，可以算作一个很好的物名，可是，连他老人家也只能如此对付，更可见我们在刍人草人之外想去找更典雅的译名之全无希望了。

日本语中有案山子这个名称，读作加贺之（Kagashi），即是吓鸦。寺岛安良编《和汉三才图会》卷三十五农具部中有这一条，其文云：

　　《艺文类聚》，古者人民质朴，死则裹以白茅，投之中野，孝子不忍父母为禽兽所食，则作弹以守之，绝鸟兽之害。

　　案，弹俗云案山子，今田圃中使草偶持弓，以防鸟雀也。备中国汤川寺玄宾僧都晦迹于民家之奴，入田护稻，以惊鸟雀为务，至今惧鸟雀刍灵称之僧都。

上文所引《艺文类聚》原语多误，今依原书及《吴越春秋》改正。陈音对越王说，弩生于弓，弓生于弹，大约是对的，但是说弹起于古之孝子，我颇有点怀疑，弹应该起于投石，是养生而不是送死的事罢。《说文解字》第八篇云："弔，问终也，从人弓，古之葬者厚衣之以薪，故人持弓会驱禽也。"《急就章》第二十五云："丧弔悲哀面目肿。"颜氏注："弔谓问终者也，于字人持弓为弔，上古葬者衣之以薪，无有棺椁，常苦禽鸟为害，故弔问者持弓会之，以助弹射也。"先有弓矢而后持弓弔丧助驱禽鸟，这比弹说似近于事实，虽然古代生活我们还未能怎么知道。或者再用刍灵代人持弓，设在墓地，后来移用田间，均属可能，不过都是推测渺茫之词，有点无征不信，而且我们谈吓鸦也不必苦苦研求他的谱系，所以就此搁起似乎也没有什么妨碍。

日本语加贺之的语源解释不一，近来却似乎倾向于《俚言集览》之旧说，云起于以串夹烧灼的兽肉，使闻臭气，以惊鸟兽也，故原语的意思可解作"使嗅"。川口孙治郎在所著《飞骅之鸟》中卷论案山子的地方说飞骅南部尚有此俗，田间植竹片，上缠毛发，涂猪油，烧使发臭气，以避野兽。早川孝太郎编《野猪与鹿与狸》中讲三河设乐郡村人驱野猪的方法，其一即是烟熏：

用破布为心，上包稻草，做成长的草苞模样，一头点火，挂竹竿尖上，插于田边。有极小者，夏天割草的女人挂在腰边，可避蚊蛇，野猪闻布片焦臭气味亦不敢近也。

书中并图其形，与草人亦相去不远。二书皆近年新刊，为《乡土研究社丛书》之一，故所说翔实可信，早川氏之文尤可喜。

至于案山子三字全系汉文，日本不过借用，与那使他嗅是毫无关系的。这是怎么来的呢? 《飞骅之鸟》中卷云：

《嬉游笑览》云，惊鸟的加贺之，或写作案山子，是盖由于山寺禅僧之戏书罢。但是还不能确定，到了《梅园日记》，才说得稍详，今试引其大要于下：

据《随斋谐话》，惊鸟偶人写作案山子，友人芝山曰，在《传灯录》《普灯录》《历代高僧录》等书中均有面前案山子之语，注曰，民俗刈草作人形，令置山田之上，防禽兽，名曰案山子。又《五灯会元》，五祖师戒禅师章有主山高，案山低，主山高，案山翠青青等语。案主山高，意为山之主，案山低，意当为上平如几案。

低山之间必开田畴事耕种，惊鸟草人亦立于案山之侧，故山僧戏呼为案山子，后遂成为通欤。

上文征引层次不甚清，又虑有阙误，今姑仍之，只一查《景德传灯录》，在第十七卷洪州云居山道膺禅师条下有这一节：

问孤迥且巍巍时如何，师曰，孤迥且巍巍。僧曰，不会。师言，面前案山子也不会。

注不知是那里的，我查不出，主山案山到底怎么讲我此刻也还不大明白。但是在第二十七卷找到了拾得大士的一件逸事，虽然没有说案山子，觉得仿佛有点儿关连：

有护伽蓝神庙，每日僧厨下食为乌所食，拾得以杖抶之曰，汝食不能护，安能护伽蓝乎？此夕神附梦于合寺僧曰，拾得打我。

把金刚当作案山子，因为乌鸦吃了僧厨下食，被和尚打得叫苦不迭，这里边如没有什么世间味，也总可以说有些禅味的罢。

中国诗文讲到案山子似乎很少，我是孤陋寡闻，真一句都想不出来，还是在《飞鼺之鸟》里见到一首七绝，说是宋人所作，其词曰：

小雨初晴岁事新，一犁江上趁初春，豆畦种罢无人守，缚得黄茅更似人。

在日本文学里案山子时常出现，他有时来比落拓无能的人物，有时是用他的本色，这在俳句中尤为普通，今举两三句来做例，虽然这种诗是特别不能译的，译了之后便不成样子，看不出他原来的好处来了。

田水落了，细腰高撑的案山子呵。（芜村）
身的老衰呵，案山子的面前也觉得羞惭。（一茶）
夕阳的影，出到大路来的案山子呵。（召波）
每回下雨，老下去的田间案山子呵。（马琴）
偷来的案山子的笠上雨来得急了。（虚子）

末了一句是现代的诗，曾经被小泉八云所赏识，说只用了十七个拼音成一句诗，描写流浪书生的穷困，此上想加以修正恐怕是不可能的罢。临了我想一看英国诗人怎样地歌唱我们的案山子，便去找寻胡适之先生所译的那篇《军人梦》的原诗，最初翻阅奥斯福本《英诗选》，里边没有，再看《英诗金库》，居然在第二百六十七首找到了。可是看到第六行却大吃一惊，胡先生译作"时见刍人影摇曳"的，其原文乃是"By the wolf-scaring faggot that guarded the slain"，直译是"在那保护战死者的，吓狼的柴火旁边"，却不见案山子的踪迹。我用两种小丛书本来对比，结果是一样。因为甘倍耳先生的诗句，引起我对于案山子的兴趣，可是说了一通闲话之后回过头来一看，穿蓑笠持弓矢的草人变了一堆火烟，案山子现出使他闻闻的本相来了，这又使我感到了另外一种的趣味。今天写完此文，适之想正在玩西湖罢，等他回北平来时再送给他看看去。

二十年十月十一日

梅兰竹菊

梅兰竹菊总之是东方的东西，
不是西洋的。
你只看它一副东方的神气，
穿的好像是丝织品，
不然是一套棉衣的衣裳，
全没见一点时髦气。
说没一点时髦气，
或者不妥，但不见俗气，
和那毛茸茸的所谓洋什么相比，
总还可以说不是旃裘之民吧？

梅兰竹菊这四种"花"，不晓得叫什么"名堂"，大约是古已有之。据我小时候的记忆，看过《芥子园画传》，不记得是第二集还是第三集了，总之是顶没有什么意思的一集，是这么专讲这梅兰竹菊的四本。它讲的不及山水和人物的好玩，但是那东西或是比较好画的缘故，也或者是别的理由，更有许多人爱好它，喜爱这四样物色。

梅兰竹菊总之是东方的东西，不是西洋的。你只看它一副东方的神气，穿的好像是丝织品，不然是一套棉衣的衣裳，全没见一点时髦气。说没一点时髦气，或者不妥，但不见俗气，和那毛茸茸的所谓洋什么相比，总还可以说不是游裘之民吧？我们且来考究它们的来源。竹大约最早，见于《禹贡》，梅出在《诗经》和《尚书》，兰也见称于《离骚》，只有菊花最晚出，见赏于陶渊明，已经在东晋了。其实这竹的见称赏，也始见于三国的魏末，菊花在《尔雅》里也有这个名字，不过不曾欣赏它的"秋菊有佳色"罢了。

它在外国的名字，也证明是外来的。在日本只有竹是热带植物，它原来就自有，有"多介"这名字，其余的梅兰和菊都没有本名，至今全是用的汉名了。想来现在的日本生物学者，拿了些和制的名字像"小敦盛草"等，请中国利用，或者是一种报答之道欤？——没有汉名，就是没有名字，想必是带了本地的名称输入去了的。在西洋我们也只有竹不能够知道，它的学名"班部"是南洋的，这与中国字的象形同样神秘。其余菊最佳妙，因为定得适当，义云黄金的花，梅花却不算好，名曰普路木纳，但这字后来考证出来乃是李子，一定硬说是梅，可说是"李代梅僵"了。至于兰花尤其不佳，它在中国被称是王者之香，无人自芳，但其在外国却未被看重，他们称之曰俄耳吉斯，直译出来是睾丸草，说它的根带着小块，这立名非不得当，倒是很有天真烂漫之趣的。但是现在这总已没有办法，兰科植物在学名上只可说是俄耳吉达刻俄斯了。

但是梅兰竹菊在我们中国，还自有它们的确定的地位的，不过这也有地域的限制，因为它这是风土如此，没有什么办法。竹子生长黄河以南，到了北方风沙之地，有点长不惯，所以种竹的秘诀，以根实不动摇为第一。"此君"之被尊重，也是在东渡之后。梅子从前只重在调味，说什么暗香疏影，也还是孤山处士的影响。兰出了山，很是娇贵难养。菊若是满天星之流，还不妨随处乱种一番，若是有了别名，便也非有个别名的花园来培养不可。所以由我个人来说，这两种都不是我所能搞得来的，无宁是梅与竹可以一定不动的种着看看。不过，"种花一年，看花十日"，看梅花也不过十多天光景，此外一根老树，也没有好看的地方。那末，还是种竹好罢，这个意思有个朋友别号竹庵，他一定很赞成吧。中国不是到处可以有竹的，那末这也需要择地，我们在北京的人想看竹也不成，还是翻看画谱里梅兰竹菊也罢。

结缘豆

刊一九三六年十月十日《谈风》。

范寅《越谚》卷中风俗门云：

"结缘，各寺庙佛生日散钱与丐，送饼与人，名此。"

敦崇《燕京岁时记》有舍缘豆一条云：

"四月八日，都人之好善者取青黄豆数升，宣佛号而拈之，拈毕煮熟，散之市人，谓之舍缘豆，预结来世缘也。谨按《日下旧闻考》，京师僧人念佛号者辄以豆记其数，至四月八日佛诞生之辰，煮豆微撒以盐，邀人于路请食之以为结缘，今尚沿其旧也。"刘玉书《常谈》卷一云：

"都南北多名刹，春夏之交，士女云集，寺僧之青头白面而年少者着鲜衣华履，托朱漆盘，贮五色香花豆，蹀躞于妇女襟袖之间以献之，名曰结缘，妇女亦多嬉取者。适一僧至少妇前奉之甚殷，妇愾然大言曰，良家妇不愿与寺僧结缘。左右皆失笑，群妇赧然缩手而退。"

就上边所引的话看来，这结缘的风俗在南北都有，虽然情形略有不同。小时候在会稽家中常吃到很小的小烧饼，说是结缘分来的，范啸风所说的饼就是这个。这种小烧饼与"洞里火烧"的烧饼不同，大约直径一寸高约五分，馅用椒盐，以小皋步的为最有名，平常二文钱一个，底有两个窟窿，结缘用的只有一孔，还要小得多，恐怕还不到一文钱吧。北京用豆，再加上念佛，觉得很有意思，不过二十年来不曾见过有人拿了盐煮豆沿路邀吃，也不听说浴佛日寺庙中有此种情事，或者现已废止亦未可知，至于小烧饼如何，则我因离乡里已久不能知道，据我推想或尚在分送，盖主其事者多系老太婆们，而老太婆者乃是天下之最有闲而富于保守性者也。

结缘的意义何在？大约是从佛教进来以后，中国人很看重缘，有时候还至于说得很有点神秘，几乎近于命数。如俗语云，有缘千里来相会，无缘对面不相逢，又小说中狐鬼往来，末了必云缘尽矣，乃去。敦礼臣所云预结来世缘，即是此意。其实说得浅淡一点，或更有意思，例如唐伯虎之三笑，才是很好的缘，不必于冥冥中去找红绳缚脚也。我很喜欢佛教里的两个字，曰业曰缘，觉得颇能说明人世间的许多事情，仿佛与遗传及环境相似，却更带一点儿诗意。日本无名氏诗句云：

"虫呵虫呵，难道你叫着，业便会尽了么？"

这业的观念太是冷而且沉重，我平常笑禅宗和尚那么超脱，却还挂念腊月二十八，觉得生死事大也不必那么操心，可是听见知了在树上喳喳地叫，不禁心里发沉，真感得这件事恐怕非是涅槃是没有救的了。缘的意思便比较的温和得多，虽不是三笑那么圆满也总是有人情的，即使如库普林在《晚间的来客》所说，偶然在路上看见一双黑眼睛，以至梦想颠倒，究竟逃不出是春叫猫儿猫叫春的圈套，却也还好玩些。此所以人家虽怕造业而不惜作缘欤？若结缘者又买烧饼煮黄豆，逢人便邀，则更十分积极矣，我觉得很有兴趣者盖以此故也。

为什么这样的要结缘的呢？我想，这或者由于不安于孤寂的缘故吧。富贵子嗣是大众的愿望，不过这都有地方可以去求，如财神送子娘娘等处，然而此外还有一种苦痛却无法解除，即是上文所说的人生的孤寂。孔子曾说过，鸟兽不可与同群，吾非斯人之徒而谁与。人是喜群的，但他往往在人群中感到不可堪的寂寞，有如在庙会时挤在潮水般的人丛里，特别像是一片树叶，与一切绝缘而孤立着。

念佛号的老公公老婆婆也不会不感到，或者比平常人还要深切吧，想用什么仪式来施行祓除，列位莫笑他们这几颗豆或小烧饼，有点近似小孩们的"办人家"，实在却是圣餐的面包葡萄酒似的一种象征，很寄存着深重的情意呢。我们的确彼此太缺少缘分，假如可能实有多结之必要，因此我对于那些好善者着实同情，而且大有加入的意思，虽然青头白面的和尚我与刘青园同样的讨厌，觉得不必与他们去结缘，而朱漆盘中的五色香花豆盖亦本来不是献给我辈也。

我现在去念佛拈豆，这自然是可以不必了，姑且以小文章代之耳。我写文章，平常自己怀疑，这是为什么的：为公平，为私乎？一时也有点说不上来。钱振锽《名山小言》卷七有一节云：

"文章有为我兼爱之不同。为我者只取我自家明白，虽无第二人解，亦何伤哉，老子古简，庄生诡诞，皆是也。兼爱者必使我一人之心共喻于天下，语不尽不止，孟子详明，墨子重复，是也。《论语》多弟子所记，故语意亦简，孔子诲人不倦，其语必不止此。或怪孔明文采不艳而过于丁宁周至，陈寿以为亮所与言尽众人凡士云云，要之皆文之近于兼爱者也。诗亦有之，王孟闲适，意取含蓄，乐天讽谕，不妨尽言。"

这一节话说得很好，可是想拿来应用却不很容易，我自己写文章是属于那一派的呢？说兼爱固然够不上。为我也未必然，似乎这里有点儿缠夹，而结缘的豆乃仿佛似之，岂不奇哉。写文章本来是为自己，但他同时要一个看的对手，这就不能完全与人无关系，盖写文章即是不甘寂寞，无论怎样写得难懂，意识里也总期待有第二人读，不过对于他没有过大的要求，即不必要他来做喽啰而已。煮豆微撒以盐而给人吃之，岂必要索厚偿，来生以百豆报我，但只愿有此微末情分，相见时好生看待，不至伥伥来去耳。

　　古人往矣，身后名亦复何足道，唯留存二三佳作，使今人读之欣然有同感，斯已足矣，今人之所能留赠后人者亦止此，此均是豆也。几颗豆豆，吃过忘记未为不可，能略为记得，无论转化作何形状，都是好的，我想这恐怕是文艺的一点效力，他只是结点缘罢了。我却觉得很是满足，此外不能有所希求，而且过此也就有点不大妥当，假如想以文艺为手段去达别的目的，那又是和尚之流矣，夫求女人的爱亦自有道，何为舍正路而不由，乃托一盘豆以图之，此则深为不佞所不能赞同者耳。

廿五年九月八日，在北平

村里的戏班子

1930年6月9日刊《骆驼草》5期。

"去不去到里赵看戏文？"七斤老捏住了照例的那四尺长的毛竹旱烟管站起来说。

"好吧。"我踌躇了一会才回答，晚饭后舅母叫表姊妹们都去做什么事去了，反正搓不成马将。

我们出门往东走，面前的石板路朦胧地发白，河水黑黝黝的，隔河小屋里"哦"的叹了一声，知道劣秀才家的黄牛正在休息。再走上去就是外赵，走过外赵才是里赵，从名字上可以知道这是赵氏聚族而居的两个村子。

戏台搭在五十叔的稻地上，台屁股在半河里，泊着班船，让戏子可以上下。台前站着五六十个看客，左边有两间露天看台，是赵氏搭了请客人坐的。我因了五十婶的招待坐了上去，台上都是些堂客，老是嗑着瓜子，鼻子里闻着猛烈的头油气。戏台上点了两盏乌黡黡的发烟的洋油灯，侉侉侉地打着破锣，不一会儿有人出台来了，大家举眼一看，乃是多福纲司，镇塘殿的蛋船里的一位老大，头戴一顶灶司帽，大约是扮着什么朝代的皇帝。他在正面半桌背后坐了一分钟之后，出来踱了一趟，随即有一个赤背赤脚，单系一条牛头水裤的汉子，手拿两张破旧的令旗，夹住了皇帝的腰胯，把他一直送进后台去了。接着出来两三个一样赤着背，挽着纽纠头的人，起首乱跌，将他们的背脊向台板乱撞乱磕，碰得板都发跳，烟尘陡乱，据说是在"跌鲫鱼爆"，后来知道在旧戏的术语里叫作摔壳子。这一摔花了不少工夫，我渐渐有点忧虑，假如不是谁的脊梁或是台板摔断一块，大约这场跌打不会中止。好容易这两三个人都平安地进了台房，破锣又侉侉地开始敲打起来，加上了斗鼓的格答格答的声响，仿佛表示要有重要的事件出现了。忽然从后台唱起"呀"的一声，一位穿黄袍，手拿象鼻刀的人站在台口，台下起了喊声，似乎以小孩的呼笑为多：

"弯老，猪头多少钱一斤？……"

"阿九阿九，桥头吊酒，……"

我认识这是桥头卖猪肉的阿九。他拿了象鼻刀在台上摆出好些架势，把眼睛轮来轮去的，可是在小孩们看了似乎很是好玩，呼号得更起劲了，其中夹着一两个大人的声音道：

"阿九，多卖点力气。"

一个穿白袍的撅着一枝两头枪奔出来，和阿九遇见就打，大家知道这是打更的长明，不过谁也和他不打招呼。

女客嗑着瓜子，头油气一阵阵地熏过来。七斤老靠了看台站着，打了两个呵欠，抬起头来对我说道，到那边去看看吧。

我也不知道那边是什么，就爬下台来，跟着他走。到神桌跟前，看见桌上供着五个纸牌位，其中一张绿的知道照例是火神菩萨。再往前走进了两扇大板门，即是五十叔的家里。堂前一顶八仙桌，四角点了洋蜡烛，在搓马将，四个人差不多都是认识的。我受了"麦镬烧"的供应，七斤老在抽他的旱烟——"湾奇"，站在人家背后看得有点入迷。胡里胡涂地过了好些时光，很有点儿倦怠，我催道："再到戏文台下溜一溜吧。"

嗡，七斤老含着旱烟管的咬嘴答应。眼睛仍望着人家的牌，用力地喝了几口，把烟蒂头磕在地上，别转头往外走，我拉着他的烟必子，一起走到稻地上来。

戏台上乌黢黢的台亮还是发着烟，堂客和野小孩都已不见了，台下还有些看客，零零落落地大约有十来个人。一个穿黑衣的人在台上踱着。原来这还是他阿九，头戴毗卢帽，手执仙帚，小丑似的把脚一伸一伸地走路，恐怕是《合钵》里的法海和尚吧。

站了一会儿，阿九老是踱着，拂着仙帚。我觉得烟必子在动，便也跟了移动，渐渐往外赵方面去，戏台留在后边了。

忽然听得远远地破锣侉侉地响，心想阿九这一出戏大约已做完了吧。路上记起儿童的一首俗歌来，觉得写得很好：

台上紫云班，台下都走散。
连连关庙门，东边墙壁都爬坍。
连连扯得住，只剩一担馄饨担。

十九年六月

114

十字街头的塔

1925 年 2 月 23 日刊《语丝》15 期。

厨川白村著有两本论文集，一本名《出了象牙之塔》，又有一本名为《往十字街头》，表示他要离了纯粹的艺术而去管社会事情的态度。我现在模仿他说，我是在十字街头的塔里。

我从小就是十字街头的人。我的故里是华东的西朋坊口，十字街的拐角有四家店铺，一个麻花摊，一爿矮癫胡所开的泰山堂药店，一家德兴酒店，一间水果店，我们都称这店主人为华陀，因为他的水果奇贵有如仙丹。以后我从这条街搬到那条街，吸尽了街头的空气，所差者只没有在相公殿里宿过夜，因此我虽不能称为道地的"街之子"，但总是与街有缘，并不是非戴上耳朵套不能出门的人物。我之所以喜欢多事，缺少绅士态度，大抵即由于此，从前祖父也骂我这是下贱之相。话虽如此，我自认是引车卖浆之徒，却是要乱想的一种，有时想掇个凳子坐了默想一会，不能像那些"看看灯的"人们长站在路旁，所以我的卜居不得不在十字街头的塔里了。

说起塔来，我第一想到的是故乡的怪山上的应天塔。据说琅琊郡的东武山，一夕飞来，百姓怪之，故曰怪山，后来怕它又要飞去，便在上边造了一座塔。开了前楼窗一望，东南角的一幢塔影最先映到眼里来，中元前后塔上满点着老太婆们好意捐助去照地狱的灯笼，夜里望去更是好看。可惜在宣统年间塔竟因此失了火，烧得只剩了一个空壳，不能再容老太婆上去点灯笼了。十年前我曾同一个朋友去到塔下徘徊过一番，拾了一块断砖，砖端有阳文楷书六字，曰"护国禅师月江"，——终于也没有查出这位和尚是什么人。

但是我所说的塔，并不是那"窣堵波"，或是"救人一命胜造七级浮图"的那件东西，实在是像望台角楼之类，在西国称作——用了大众欢迎的习见的音义译写出来——"塔围"的便是；非是异端的，乃是帝国主义的塔。浮图里静坐默想本颇适宜，现在又什么都正在佛化，住在塔里也很时髦，不过我的默想一半却是口实，我实是想在喧闹中得安全地，有如前门的珠宝店之预备着铁门，虽然廊房头条的大楼别有禳灾的象征物。我在十字街头久混，到底还没有入他们的帮，挤在市民中间，有点不舒服，也有点危险，（怕被他们挤坏我的眼镜，）所以最好还是坐在角楼上，喝过两斤黄酒，望着马路吆喝几声，以出心中闷声，不高兴时便关上楼窗，临写自己的《九成宫》，多么自由而且写意。写到这里忽然想起欧洲中古的民间传说，木板画上表出哈多主教逃避怨鬼所化的鼠妖，躲在荒岛上好像大烟通似的砖塔内，露出头戴僧冠的上半身在那里着急，一大队老鼠都渡水过来，有几只大老鼠已经爬上塔顶去了，——后来这位主教据说终于被老鼠们吃下肚去。你看，可怕不可怕？这样说来，似乎那种角楼又不很可靠了。但老鼠可进，人则不可进，反正我不去结怨于老鼠，也就没有什么要紧。我再想到前门外铁栅门之安全，觉得我这塔也可以对付，倘若照雍涛先生的格言亭那样建造，自然更是牢固了。

别人离了象牙的塔走往十字街头，我却在十字街头造起塔来住，未免似乎取巧罢？我本不是任何艺术家，没有象牙或牛角的塔，自然是站在街头的了，然而又有点怕累，怕挤，于是只好住在临街的塔里，这是自然不过的事。只是在现今中国这种态度最不上算，大众看见塔，便说这是智识阶级，（就有罪）绅士商贾见塔在路边，便说这是党人，（应取缔）不过这也没有什么妨害，还是如水竹村人所说"听其自然"，不去管它好罢，反正这些闲话都靠不住也不会久的。老实说，这塔与街本来并非不相干的东西，不问世事而缩入塔里，原即是对于街头的反动，出在街头说道工作的人也仍有他们的塔，因为他们自有其与大众乖戾的理想。总之只有预备跟着街头的群众去瞎撞胡混，不想依着自己的意见说一两句话的人，才真是没有他的塔。所以我这塔也不只是我一个人有，不过这个名称是由我替他所取的罢了。

十四年二月

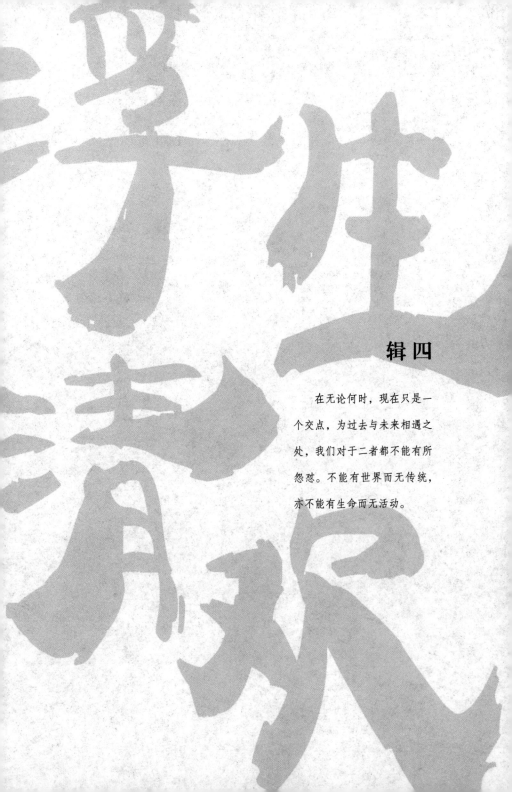

辑 四

在无论何时，现在只是一个交点，为过去与未来相遇之处，我们对于二者都不能有所怨怼。不能有世界而无传统，亦不能有生命而无活动。

金鱼

1930 年 4 月 17 日刊《益世报》。

我觉得天下文章共有两种，一种是有题目的，一种是没有题目的。普通做文章大都先有意思，却没有一定的题目，等到意思写出了之后，再把全篇总结一下，将题目补上。这种文章里边似乎容易出些佳作，因为能够比较自由地发表，虽然后写题目是一件难事，有时竟比写本文还要难些。但也有时候，思想散乱不能集中，不知道写什么好，那么先定下一个题目，再做文章，也未始没有好处，不过这有点近于赋得，很有做出试帖诗来的危险罢了。偶然读英国密伦（A.A. Milne）的小品文集，有一处曾这样说，有时排字房来催稿，实在想不出什么东西来写，只好听天由命，翻开字典，随手抓到的就是题目。有一回抓到金鱼，结果果然有一篇《金鱼》收在集里。我想这倒是很有意思的事，也就来一下子，写一篇《金鱼》试试看，反正我也没有什么非说不可的大道理，要尽先发表，那么来做赋得的咏物诗也是无妨，虽然并没有排字房催稿的事情。

说到金鱼，我其实是很不喜欢金鱼的，在豢养的小动物里边，我所不喜欢的，依着不喜欢的程度，其名次是叭儿狗，金鱼，鹦鹉。鹦鹉身上穿着大红大绿，满口怪声，很有野蛮气。叭儿狗的身体固然太小，还比不上一只猪，（小学教科书上却还在说，猫比狗小，狗比猫大！）而鼻子尤其耸得难过。我平常不大喜欢耸鼻子的人，虽然那是人为的，暂时的，把鼻子耸动，并没有永久的将它缩作一堆。人的脸上固然不可没有表情，但我想只要淡淡地表示就好，譬如微微一笑，或者在眼光中露出一种感情，——自然，恋爱与死等可以算是例外，无妨有较强烈的表示，但也似乎不必那样掀起鼻子，露出牙齿，仿佛是要咬人的样子。这种嘴脸只好放到影戏里去，反正与我没有关系，因为二十年来我不曾看电影。然而金鱼恰好兼有叭儿狗与鹦鹉二者的特点，他只是不用长绳子牵了在贵夫人的裙边跑，所以减等发落，不然这第一名恐怕准定是它了。

　　我每见金鱼一团肥红的身体，突出两只眼睛，转动不灵地在水中游泳，总会联想到中国的新嫁娘，身穿红布袄裤，扎着裤腿，拐着一对小脚伶俜地走路。我知道自己有一种毛病，最怕看真的，或者类似的小脚。十年前曾写过一篇小文曰"天足"，起头第一句云："我最喜欢看见女人的天足。"曾蒙友人某君所赏识，因为他也是反对"务必脚小"的人。我倒并不是怕做野蛮，现在的世界正如美国洛威教授的一本书名，谁都有"我们是文明么"的疑问，何况我们这道统国，剐呀割呀都是常事，无论个人怎么努力，这个野蛮的头衔休想去掉，实在凡是稍有自知之明，不是夸大狂的人，恐怕也就不大有想去掉的这种野心与妄想。小脚女人所引起的另一种感想乃是残废，这是极不愉快的事，正如驼背或脖子上挂着一个大瘤，假如这是天然的，我们不能说是嫌恶，但总之至少不喜欢看总是确实的了。有谁会赏鉴驼背或大瘤呢？金鱼突出眼睛，便是这一类的现象。另外有叫作绯鲤的，大约是它的表兄弟罢，一样的穿着大红棉袄，只是不开权，眼睛也是平平地装在脑袋瓜儿里边，并不比平常的鱼更为鼓出，因此可见金鱼的眼睛是一种残疾，无论碰在水草上时容易戳瞎乌珠，就是平常也一定近视的了不得，要吃馒头末屑也不大方便罢。照中国人喜欢小脚的常例推去，金鱼之爱可以说宜乎众矣，但在不佞实在是两者都不敢爱，我所爱的还只是平常的鱼而已。

想象有一个大池，——池非不大可，须有活水，池底有种种水草才行，如从前碧云寺的那个石池，虽然老实说起来，人造的死海似的水洼都没有多大意思，就是三海也是俗气寒伧气，无论这是那一个大皇帝所造，因为皇帝压根儿就非俗恶粗暴不可，假如他有点儿懂得风趣，那就得亡国完事，至于那些俗恶的朋友也会亡国，那是另一回事。如今话又说回来，一个大池，里边如养着鱼，那最好是天空或水的颜色的，如鲫鱼，其次是鲤鱼。我这样的分等级，好像是以肉的味道为标准，其实不然。我想水里游泳着的鱼应当是暗黑色的才好，身体又不可太大，人家从水上看下去，窥探好久，才看见隐隐的一条在那里，有时或者简直就在你的鼻子前面，等一忽儿却又不见了，这比一件红冬冬的东西渐渐地摆近来，好像望那西湖里的广告船（据说是点着红灯笼，打着鼓），随后又渐渐地远开去，更为有趣得多。鲫鱼便具备这种资格，鲤鱼未免个儿太大一点，但他是要跳龙门去的，这又难怪他。此外有些白鲦，细长银白的身体，游来游去，仿佛是东南海边的泥鳅龙船，有时候不知为什么事出了惊，拨剌地翻身即逝，银光照眼，也能增加水界的活气。在这样地方，无论是金鱼，就是平眼的绯鲤，也是不适宜的。红袄裤的新嫁娘，如其脚是小的，那只好就请她在炕上爬或坐着，即使不然，也还是坐在房中，在油漆气芸香或花露水气中，比较地可以得到一种调和。所以金鱼的去处还是富贵人家的绣房，浸在五彩的磁缸中，或是玻璃的圆球里，去和叭儿狗与鹦鹉做伴侣罢了。

几个月没有写文章，天下的形势似乎已经大变了，有志要做新文学的人，非多讲某一套话不容易出色。我本来不是文人，这些时式的变迁，好歹于我无干，但以旁观者的地位看去，我倒是觉得可以赞成的。为什么呢？文学上永久有两种潮流，言志与载道。二者之中，则载道易而言志难。我写这篇赋得金鱼，原是有题目的文章，与帖括有点相近，盖已少言志而多载道欤。我虽未敢自附于新文学之末，但自己觉得颇有时新的意味，故附记于此，以志作风之转变云耳。

十九年三月十日

苍蝇

1924 年 7 月 13 日刊《晨报副镌》。

　　苍蝇不是一件很可爱的东西，但我们在做小孩子的时候都有点喜欢他。我同兄弟常在夏天乘大人们午睡，在院子里弃着香瓜皮瓤的地方捉苍蝇，——苍蝇共有三种，饭苍蝇太小，麻苍蝇有蛆太脏，只有金苍蝇可用。金苍蝇即青蝇，小儿谜中所谓"头戴红缨帽身穿紫罗袍"者是也。我们把他捉来，摘一片月季花的叶，用月季的刺钉在背上，便见绿叶在桌上蠕蠕而动，东安市场有卖纸制各色小虫者，标题云"苍蝇玩物"，即是同一的用意。我们又把他的背竖穿在细竹丝上，取灯心草一小段放在脚的中间，他便上下颠倒的舞弄，名曰"嬉棍"；又或用白纸条缠在肠上纵使飞去，但见空中一片片的白纸乱飞，很是好看。倘若捉到一个年富力强的苍蝇，用快剪将头切下，他的身子便仍旧飞去。希腊路吉亚诺思（Loukianos）的《苍蝇颂》中说，"苍蝇在被切去了头之后，也能生活好些时光"，大约二千年前的小孩已经是这样的玩耍的了。

　　我们现在受了科学的洗礼，知道苍蝇能够传染病菌，因此对于他们很有一种恶感。三年前卧病在医院时曾作有一首诗，后半云：

> 大小一切的苍蝇们，
>
> 美和生命的破坏者，
>
> 中国人的好朋友的苍蝇们呵，
>
> 我诅咒你的全灭，
>
> 用了人力以外的，
>
> 最黑最黑的魔术的力。

但是实际上最可恶的还是他的别一种坏癖气，便是喜欢在人家的颜面手脚上乱爬乱舐，古人虽美其名曰"吸美"，在被吸者却是极不愉快的事。希腊有一篇传说说明这个缘起，颇有趣味。据说苍蝇本来是一个处女，名叫默亚（Muia），很是美丽。不过太喜欢说话。她也爱那月神的情人恩迭米盎（Endymion），当他睡着的时候，她总还是和他讲话或唱歌，弄得他不能安息，因此月神发怒，使她变成苍蝇。以后她还是记念着恩迭米盎，不肯叫人家安睡，尤其是喜欢搅扰年青的人。

苍蝇的固执与大胆，引起好些人的赞叹。诃美洛思（Hómēros）在史诗中尝比勇士于苍蝇，他说，虽然你赶他去，他总不肯离开你。一定要叮你一口方才罢休。又有诗人云，那小苍蝇极勇敢地跳在人的肢体上，渴欲饮血，战士却躲避敌人的刀锋，真可羞了。我们侥幸不大遇见渴血的勇士，但勇敢地攻上来舐我们的头的却常常遇到。法勃耳（Fabre）的《昆虫记》里说有一种蝇，乘土蜂负虫入穴之时，下卵于虫内，后来蝇卵先出，把死虫和蜂卵一并吃下去。他说这种蝇的行为好像是一个红巾黑衣的暴客在林中袭击旅人，但是他的剽悍敏捷的确也可佩服，倘使希腊人知道，或者可以拿去形容阿迭修思（Odysseus）一流的狡狯英雄罢。

中国古来对于苍蝇似乎没有什么反感。《诗经》里说："营营青蝇，止于樊。岂弟君子，无信谗言。"又云："非鸡则鸣，苍蝇之声。"据陆农师说，青蝇善乱色，苍蝇善乱声，所以是这样说法。传说里的苍蝇，即使不是特殊良善，总之决不比别的昆虫更为卑恶。在日本的徘谐中则蝇成为普通的诗料，虽然略带湫秽的气色，但很能表出温暖热闹的境界。小林一茶更为奇特，他同圣芳济一样，以一切生物为弟兄朋友，苍蝇当然也是其一。检阅他的徘句选集，咏蝇的诗有二十首之多，今举两首以见一斑。一云：

笠上的苍蝇，比我更早地飞进去了。

这诗有题曰"归庵"。又一首云：

不要打哪，苍蝇搓他的手，搓他的脚呢。

我读这一句，常常想起自己的诗觉得惭愧，不过我的心情总不能达到那一步，所以也是无法。《埤雅》云，"蝇好交其前足，有绞绳之象，……亦好交其后足"，这个描写正可作前句的注解。又绍兴小儿谜语歌云：

像乌豇豆格乌，像乌豇豆格粗，堂前当中央，坐得拉胡须。

也是指这个现象。（格犹云"的"，坐得即"坐着"之意。）

据路吉亚诺思说，古代有一个女诗人，慧而美，名叫默亚。又有一个名妓也以此为名，所以滑稽诗人有句云："默亚咬他直达他的心房。"中国人虽然永久与苍蝇同桌吃饭，却没有人拿苍蝇作为名字，以我所知只有一二人被用为诨名而已。

十三年七月

虱子

1930年4月30日刊《未名》终刊号。

偶读罗素所著的《结婚与道德》，第五章讲中古时代思想的地方，有这一节话：

那时教会攻击洗浴的习惯，以为凡使肉体清洁可爱好者皆有发生罪恶之倾向。肮脏不洁是被赞美，于是圣贤的气味变成更为强烈了。圣保拉说，身体与衣服的洁净，就是灵魂的不净。虱子被称为神的明珠，爬满这些东西是一个圣人的必不可少的记号。

我记起我们东方文明的选手故辜鸿铭先生来了，他曾经礼赞过不洁，说过相仿的话，虽然我不能知道他有没有把虱子包括在内，或者特别提出来过。但是，即是辜先生不曾有什么颂词，虱子在中国文化历史上的位置也并不低，不过这似乎只是名流的装饰，关于古圣先贤还没有文献上的证明罢了。晋朝的王猛的名誉，一半固然在于他的经济的事业，他的捉虱子这一件事的恐怕至少也要居其一半。到了二十世纪之初，梁任公先生在横滨办《新民丛报》，那时有一位重要的撰述员，名叫扪虱谈虎客，可见这个还很时髦，无论他身上是否真有那晋朝的小动物。

洛威（R.H.Lowie）博士是旧金山大学的人类学教授，近著一本很有意思的通俗书《我们是文明么》，其中有好些可以供我们参考的地方。第十章讲衣服与时装，他说起十八世纪时妇人梳了很高的髻，有些矮的女子，她的下巴颏儿正在头顶到脚尖的中间。在下文又说道：

宫里的女官坐车时只可跪在台板上，把头伸在窗外，她们跳着舞，总怕头碰了挂灯。重重扑粉厚厚衬垫的三角塔终于满生了虱子，很是不舒服，但西欧的时风并不就废止这种时装。结果发明了一种象牙钓钗，拿来搔痒，算是很漂亮的。

第二十一章讲卫生与医药，又说到"十八世纪的太太们的头上成群的养着虱子"。又举例说明道：

一三九三年，一个法国著者教给他美丽的读者六个方法，治她们的丈夫的跳蚤，一五三九年出版的一本书列有奇效方，可以除灭跳蚤，虱子，虱卵，以及臭虫。

照这样看来，不但证明"西洋也有臭虫"，更可见贵夫人的青丝上也满生过虱子。在中国，这自然更要普遍了，褚人获编《坚瓠集》丙集卷三有一篇《须虱颂》，其文曰：

王介甫王禹玉同侍朝，见虱自介甫襦领直缘其须，上顾而笑，介甫不知也。朝退，介甫问上笑之故，禹玉指以告，介甫命从者去之。禹玉曰，未可轻去，愿颂一言。介甫曰，何如？禹玉曰，屡游相须，曾经御览，未可杀也，或曰放焉。众大笑。

我们的荆公是不修边幅的，有一个半个小虫在胡须上爬，原算不得是什么奇事，但这却令我想起别一件轶事来，据说徽宗在五国城，写信给旧臣道："朕身上生虫，形如琵琶。"照常人的推想，皇帝不认识虱子，似乎在情理之中，而且这样传说，幽默与悲感混在一起，也颇有意思，但是参照上文，似乎有点不大妥帖了。宋神宗见了虱子是认得的，到了徽宗反而退步，如果属实，可谓不克绳其祖武了。《坚瓠集》中又有一条《恒言》，内分两节如下：

张磊塘善清言，一日赴徐文贞公席，食鲳鱼鳇鱼。庖人误不置醋。张云，仓皇失措。文贞腰扪一虱，以齿毙之，血溅齿上。张云，大率类此。文贞亦解颐。

清客以齿毙虱有声，妓哂之。顷妓亦得虱，以添香置炉中而爆。客顾曰，熟了。妓曰，愈于生吃。

这一条笔记是很重要的虱之文献，因为他在说明贵人清客妓女们都有扪虱的韵致外，还告诉我们毙虱的方法。《我们是文明么》第二十一章中说：

正如老鼠离开将沉的船，虱子也会离开将死的人，依照冰地的学说。所以一个没有虱子的爱斯吉摩人是很不安的。这是多么愉快而且适意的事，两个好友互捉头上的虱以为消遣，而且随复庄重地将它们送到所有者的嘴里去。在野蛮世界，这种交互的服务实在是很有趣的游戏。黑龙江边的民族不知道有别的更好的方法，可以表示夫妇的爱情与朋友的交谊。在亚尔泰山及南西伯利亚的突厥人也同样的爱好这个玩意儿。他们的皮衣里满生着虱子，那妙手的土人便永远在那里搜查这些生物，捉到了的时候，呕一呕嘴儿把它们都吃下去。拉得洛夫博士亲自计算过，他的向导在一分钟内捉到八九十四。在原始民间故事里多讲到这个普遍而且有益的习俗，原是无怪的。

由此可见普通一般毙虱法都是同徐文贞公一样，就是所谓"生吃"的，只可惜"有礼节的欧洲人是否吞咽他们的寄生物查不出证据"，但是我想这总也可以假定是如此罢，因为世上恐怕不会有比这个更好的方法，不过史有阙文，洛威博士不敢轻易断定罢了。

但世间万事都有例外，这里自然也不能免。佛教反对杀生，杀人是四重罪之一，犯者波罗夷不共住，就是杀畜生也犯波逸提罪，他们还注意到水中土中几乎看不出的小虫，那么对于虱子自然也不肯忽略过去。《四分律》卷五十《房舍犍度法》中云：

于多人住处拾虱弃地，佛言不应尔。彼上座老病比丘数数起弃虱，疲极，佛言听以器，若毳，若劫贝，若敝物，若绵，拾着中。若虱走出，应作筒盛。彼用宝作筒，佛言不应用宝作筒，听用角牙，若骨，若铁，若铜，若铅锡，若竿蔗草，若竹，若苇，若木，作筒，虱若出，应作盖塞。彼宝作塞，佛言不应用宝作塞，应用牙骨乃至木作，无安处，应以缕系着床脚里。

小林一茶（1763—1827）是日本近代的诗人，又是佛教徒，对于动物同圣芳济一样，几乎有兄弟之爱，他的咏虱的诗句据我所见就有好几首，其中有这样的一首，曾译录在《雨天的书》中，其词曰：

捉到一个虱子，将他搯死固然可怜，要把它舍在门外，让它绝食，也觉得不忍，忽然想到我佛从前给与鬼子母的东西，成此：
虱子呵，放在和我味道一样的石榴上爬着。

（注：日本传说，佛降伏鬼子母，给与石榴实食之，以代人肉，因榴实味酸甜似人肉云。据《鬼子母经》说，她后来变为生育之神，这石榴大约只是多子的象征罢了。）

这样的待遇在一茶可谓仁至义尽，但虱子恐怕有点觉得不合式，因为像和尚那么吃净素它是不见得很喜欢的。但是，在许多虱的本事之中，这些算是最有风趣了。佛教虽然也重圣贫，一面也还讲究——这称作清洁未必妥当，或者总叫作"威仪"罢，因此有些法则很是细密有趣，关于虱的处分即其一例，至于一茶则更是浪漫化了一点罢了。中国扪虱的名士无论如何不能到这个境界，也决做不出像一茶那样的许多诗句来，例如——

喊，虱子爬罢爬罢，向着春天的去向。

实在译不好，就此打住罢。——今天是清明节，野哭之声犹在于耳，回家写这小文，聊以消遣，觉得这倒是颇有意义的事。

民国十九年四月五日，于北平

附记

友人指示，周密《齐东野语》中有材料可取，于卷十七查得《嚼虱》一则，今补录于下："余负日茅檐，分渔樵半席，时见山翁野媪扪身得虱，则致之口中，若将甘心焉，意甚恶之。然揆之于古，亦有说焉。应侯谓秦王曰，得宛临，流阳夏，断河内，临东阳，邯郸犹口中虱。王莽校尉韩威曰，以新室之威而吞胡虏，无异口中蚤虱。陈思王著论亦曰，得虱者莫不劗之齿牙，为害身也。三人皆当时贵人，其言乃尔，则野老嚼虱亦自有典故，可发一笑。"

我尝推究嚼虱的原因，觉得并不由于"若将甘心"的意思，其实只因虱子肥白可口，臭虫固然气味不佳，蚤又太小一点了，而且放在嘴里跳来跳去，似乎不大容易咬着。今见韩校尉的话，仿佛基督同时的中国人曾两者兼嚼，到得后来才人心不古，取大而舍小，不过我想这个证据未必怎么可靠，恐怕这单是文字上的支配，那么跳蚤原来也是一时的陪绑罢了。

四月十三日又记

关于蝙蝠

1930年8月4日刊《骆驼草》13期。

苦雨翁：

我老早就想写一篇文章论论这位奇特的黑夜行脚的蝙蝠君。但终于没有写，不，也可以说是写过的，只是不立文字罢了。

昨夜从苦雨斋谈话归来，车过西四牌楼，忽然见到几只蝙蝠沿着电线上面飞来飞去，似乎并不怕人。热闹市口他们这等游逛，说起来我还是第一次看见，岂未免有点儿乡下人进城乎。

"奶奶经"告诉我，蝙蝠是老鼠变的。怎样地一个变法呢？据云，老鼠嘴馋，有一回口渴，错偷了盐吃，于是脱去尾巴，生上翅膀，就成了现在的蝙蝠这般模样。这倒也十分自在，未免更上一层楼，从地上的活动，进而为空中的活动，飘飘乎不觉羽化而登仙。但另有一说，同为老鼠变的则一，同为口渴的也则一，这个则是偷吃了油。我佛面前长明灯，每晚和尚来添油，后来不知怎地，却发现灯盘里面的油，一到隔宿便涓滴也没有留存。和尚好生奇怪，有一回，夜半，私下起来探视，却见一个似老鼠而又非老鼠的东西昏卧在里面。也许他正在朦胧罢，和尚轻轻地捻起，蓦然间他惊醒了，不觉大声而疾呼："叽！叽！"

和尚慈悲，走出门，一扬手，喝道：

"善哉——有翅能飞，有足能走。"

于是蝙蝠从此遍天下。

生物学里关于蝙蝠是怎样讲法，现在也不大清楚了。只知道他是胎生的，怪别致的，走兽而不离飞鸟，生上这么两扇软翅。分明还记得，小时候读小学教科书，曾经有过蝙蝠君的故事。唉，这太叫人甚么了，想起那教科书，真未免对于此公有些不敬，仿佛说他是被厌弃者，走到兽群，兽群则曰，你有两翅，非我族类。走到鸟群，鸟群则曰，你是胎生，何与吾事。这似乎是因为蝙蝠君会有挑唆和离间的本事。究竟他和他的同辈争过怎样的一席长短，或者与他的先辈先生们有过何种利害冲突的关系，我俱无从知道，固然在事实上好像也找不出甚么证据来，大抵这些都是由于先辈的一时高兴，任意赐给他的头衔罢。然而不然，不见夫钟馗图乎，上有蝙蝠飞来，据说这就是"福"的象征呢，在这里，蝙蝠君倒又成为"幸运儿"了。孟轲不也说过吗，"赵孟之所贵，赵孟能贱之"。蝙蝠君自然还是在那里过他的幽栖生活。但使我耽心的，不知现在的小学教科书，或者儿童读物里面，还有这类不愉快的故事没有。

夏夜的蝙蝠，在乡村里面的，却有着另一种风味。日之夕矣，这一天的农事告完。麦粮进了仓房。牧人赶回猪羊。老黄牛总是在树下多歇一会儿，嘴里懒懒嚼着干草，白沫一直拖到地，照例还要去南塘喝口水才进牛栏的罢。长工几个人老是蹲在场边，腰里拔出旱烟袋在那里彼此对火。有时也默默然不则一声。场面平滑如一汪水，我们一群孩子喜欢再也没有可说的，有的光了脚在场上乱跑。这时不知从那里来的蝙蝠，来来往往的只在头上盘旋，也不过是树头高罢，孩子们于是慌了手脚，跟着在场上兜转，性子急一点的未免把光脚乱跺。还是大人告诉我们的，脱下一只鞋，向空抛去，蝙蝠自会钻进里边来，就容易把他捉住了。然而蝙蝠君却在逗弄孩子们玩耍，倒不一定会给捉住的。不过我们跻一只脚在场上跳来跳去，实在怪不方便的，一不慎，脚落地，踏上满袜子土，回家不免要挨父亲瞪眼。有时在外面追赶蝙蝠直至更深，弄得一身土，不敢回家，等到母亲出门呼唤，才没精打采的归去。

年来只在外面漂泊，家乡的事事物物，表面上似乎来得疏阔，但精神上却也分外地觉得亲近。偶尔看见夏夜的蝙蝠，因而想起小时候听白发老人说"奶奶经"以及自己顽皮的故事，真大有不胜其今昔之感了。

关于蝙蝠君的故事，我想先生知道的要多多许，写出来也定然有趣，何妨也就来谈谈这位"夜行者"呢？

Grahame 的《杨柳风》（The Wind in the Willows ）小书里面，不知曾附带提到这小动物没有，顺便的问一声。

七月二十日，启无

启无兄：

关于蝙蝠的事情我所知道的很少，未必有什么可以补充。查《和汉三才图会》卷四十二原禽类，引《本草纲目》等文后，按语曰：

伏翼身形色声牙爪皆似鼠而有肉翅，盖老鼠化成，故古寺院多有之。性好山椒，包椒于纸抛之，则伏翼随落，竟捕之。若所啮手指则难放，急以椒与之，即脱焉。其为鸟也最卑贱者，故俚语云，无鸟之乡蝙蝠为王。

案日本俗语"无鸟的乡村的蝙蝠"，意思就是矮子队里的长子。蝙蝠喜欢花椒，这种传说至今存在，如东京儿歌云：

蝙蝠，蝙蝠，
给你山椒吧，
柳树底下给你水喝吧。
蝙蝠，蝙蝠，
山椒的儿，
柳树底下给你醋喝吧。

北原白秋在《日本的童谣》中说：

我们做儿童的时候，吃过晚饭就到外边去，叫蝙蝠或是追蝙蝠玩。我的家是酒坊，酒仓左近常有蝙蝠飞翔。而且蝙蝠喜欢喝酒，我们捉到蝙蝠，把酒倒在碟子里，拉住它的翅膀，伏在里边给它酒喝。蝙蝠就红了脸，醉了，或者老鼠似的吱吱地叫了。

日向地方的童谣云：

酒坊的蝙蝠，给你酒喝吧。

喝烧酒么，喝清酒么？

再下一点来再给你喝吧。

有些儿童请它吃糟喝醋，也都是这个意思的变换。不过这未必全是好意，如长野的童谣便很明白，即是想脱一只鞋向空抛去也。其词曰：

蝙蝠，来，

快来！

给你草鞋，快来！

雪如女士编《北平歌谣集》一〇三首云：

檐蝙蝠，穿花鞋，

你是奶奶我是爷。

这似乎是幼稚的恋爱歌，虽然还是说的花鞋。

蝙蝠的名誉我不知道是否系为希腊老奴伊索所弄坏，中国向来似乎不大看轻它的。它是暮景的一个重要的配色，日本《俳句辞典》中说：

无论在都会或乡村，薄暮的景色与蝙蝠都相调和，但热闹杂沓的地方其调和之度较薄。大路不如行人稀少的小路，都市不如寂静的小城，更密切地适合。看蝙蝠时的心情，也要仿佛感着一种萧寂的微淡的哀愁那种心情才好。从满腔快乐的人看去，只是皮相的观察，觉得蝙蝠在暮色中飞翔罢了，并没有什么深意，若是带了什么败残之憾或历史的悲愁那种情调来看，便自然有别种的意趣浮起来了。

这虽是《诗韵含英》似的解说，却也颇得要领。小时候读唐诗（韩退之的诗么？），有两句云，"山石荦确行径微，黄昏到寺蝙蝠飞"，至今还觉得有趣味。会稽山下的大禹庙里，在禹王耳朵里做窠的许多蝙蝠，白昼也吱吱地乱叫，因为我们到庙时不在晚间，所以总未见过这样的情景。日本俳句中有好些咏蝙蝠的佳作，举其一二：

蝙蝠呀，
屋顶草长——
圆觉寺。
——亿兆子作

蝙蝠呀，
人贩子的船
靠近了岸。
——水逦家作

土牢呀，
卫士所烧的火上的
食蚊鸟。
——芋村作

Kakuidori，吃蚊子鸟，即是蝙蝠的别名。

格来亨的《杨柳风》里没有说到蝙蝠，他所讲的只是土拨鼠，水老鼠，獾，獭和癞虾蟆。但是我见过一本《蝙蝠的生活》，很有文学的趣味，是法国 Charles Derennes 所著，Willcox 女士于一九二四年译成英文，我所见的便是这一种译本。

十九年七月二十三日，岂明

鸟声

1925 年 4 月 6 日刊《语丝》21 期。

古人有言："以鸟鸣春。"现在已过了春分，正是鸟声的时节了，但我觉得不大能够听到，虽然京城的西北隅已经近于乡村。这所谓鸟当然是指那飞鸣自在的东西，不必说鸡鸣咿咿、鸭鸣呷呷的家奴，便是熟番似的鸽子之类也算不得数，因为他们都是忘记了四时八节的了。我所听见的鸟鸣只有檐头麻雀的啾啁，以及槐树上每天早来的啄木的干笑，——这似乎都不能报春，麻雀的太琐碎了，而啄木又不免多一点干枯的气味。

英国诗人那许（Nash）有一首诗，被录在所谓《名诗选》（Golden Treasury）的卷首。他说，春天来了，百花开放，姑娘们跳舞着，天气温和，好鸟都歌唱起来，他列举四样鸟声：

Cuckoo, jug-jug, pu-we, to-witta-woo!

这九行的诗实在有趣，我却总不敢译，因为怕一则译不好，二则要译错。现在只抄出一行来，看那四样是什么鸟。第一种是勃姑，书名鹁鸠，他是自呼其名的，可以无疑了。第二种是夜莺，就是那林间的"发痴的鸟"，古希腊的女诗人称之曰"春之使者，美音的夜莺"，他的名贵可想而知，只是我不知道他到底是什么东西。我们乡间的黄莺也会"翻叫"，被捕后常因想念妻子而急死，与他西方的表兄弟相同，但他要吃小鸟，而且又不发痴地唱上一夜以至于呕血。第四种虽似异怪乃是猫头鹰。第三种则不大明了，有人说是蚊母鸟，或云是田凫，但据斯密士的《鸟的生活与故事》第一章所说系小猫头鹰。倘若是真的，那么四种好鸟之中猫头鹰一家已占其二了。斯密士说这二者都是褐色猫头鹰，与别的怪声怪相的不同，他的书中虽有图像，我也认不得这是鸱是鸮还是流离之子，不过总是猫头鹰之类罢了。儿时曾听见他们的呼声，有的声如货郎的摇鼓，有的恍若连呼"掘洼"（dzhuehuoang），俗云不祥主有死丧。所以闻者多极懊恼，大约此风古已有之。查检观额道人的《小演雅》，所录古今禽言中不见有猫头鹰的话。然而仔细回想，觉得那些叫声实在并不错，比任何风声箫声鸟声更为有趣，如诗人谢勒（Shelley）所说。

现在，就北京来说，这几样鸣声都没有，所有的还只有麻雀和琢木鸟。老鸹，乡间称为乌老鸦，在北京是每天可以听到的，但是一点风雅气也没有，而且是通年噪聒，不知道他是那一季的鸟。麻雀和琢木鸟虽然唱不出好的歌来，在那琐碎和干枯之中到底还含一些春气：唉唉，听那不讨人欢喜的乌老鸦叫也已够了，且让我们欢迎这些鸣春的小鸟，倾听他们的谈笑罢。

“啾晰，啾晰！”

“嘎嘎！”

十四年四月

猫打架

刊一九六四年五月五日香港《新晚报》。

现在时值阴历三月，是春气发动的时候，夜间常常听见猫的嗥叫声甚凄厉，和平时迥不相同，这正是"猫打架"的时节，所以不足为怪的。但是实在吵闹得很，而且往往是在深夜，忽然庭树间嗥的一声，虽然不是什么好梦，总之给它惊醒了，不是愉快的事情。这便令我想起五四前后初到北京的事情来，时光过的真快，这已是四十多年前的事了。我写过《补树书屋旧事》，第七篇叫做《猫》，这里让我把它抄一节吧：

"说也奇怪，补树书屋里的确也不大热，这大概与那大槐树有关系，它好像是一顶绿的大日照伞，把可畏的夏日都给挡住了。这房屋相当阴暗，但是不大有蚊子，因为不记得用过什么蚊子香；也不曾买有蝇拍子，可是没有苍蝇进来，虽然门外面的青虫很有点讨厌。那么旧的屋里该有老鼠，却也并不是，倒是不知道哪里的猫常在屋上骚扰，往往叫人整半夜睡不着觉，在一九一八年旧日记里边便有三四处记着'夜为猫所扰，不能安睡'。不知道在鲁迅日记上有无记载，事实上在那时候大抵是大怒而起，拿着一枝竹竿，搬了小茶几，到后檐下放好，他便上去用竹竿痛打，把它们打散，但也不长治久安，往往过一会又回来了。《朝花夕拾》中有一篇讲到猫的文章，其中有些是与这有关的。"

说到《朝花夕拾》，虽然这是有许多人看过的书，现在我也找有关摘抄一点在这里：

"要说得可靠一点，或者倒不如说不过困为它们配合时候的嗥叫，手续竟有这么繁重，闹得别人心烦，尤其是夜间要看书睡觉的时候。当这些时候，我便要用长竹竿去攻击它们。狗们在大道上配合时，常有闲汉拿了木棍痛打，我曾见大勃吕该尔的一张铜版画上也画着这样事，可见这样的举动，是古今中外一致的。打狗的事我不管，至于我的打猫，却只因为它们嚷嚷，此外并无恶意。"

可是奇怪得很，日本诗人们却对它很是宽大，特别是以松尾芭蕉为祖师一派俳人（做俳句的人），不但不嫌恶它还收它到诗里去，我们仿大观园的傻大姐称之曰猫打架的，他们却加以正面的美称曰猫的恋爱，在《俳谐岁时记》中春季项下堂堂的登载着。俳句中必须有季题，这岁时记便是那些季题的集录，在《岁时记》春季的动物项下便有猫的恋爱这一种，解说道：

"猫的交尾虽是一年有四回，但以春天为显著。时届早春，凡入交尾期的猫也不怕人，不避风雨，昼夜找寻雌猫。到处奔走，连饭也不好好的吃。常有数匹发疯似的争斗，用了极其迫切的叫声诉其热情。数日之后，憔悴受伤，遍身乌黑的回来，情形很是可怜。"

这里诗人对于它们似乎颇有同情，芭蕉有诗云：

"吃了麦饭，为了恋爱而憔悴了么，女猫。"

比他稍后的召波则云：

"爬过了树，走近前来调情的男猫啊。"

但是高井几厘的句云：

"滚了下去的声响，就停止了的猫的恋爱。"

又似乎说滚得好，有点拿长竹竿的意思了。小林一茶说：

"睡了起来，打一个大呵欠的猫的恋爱。"

这与近代女流俳人杉田久女所说的：

"恋爱的猫，一步也不走进夜里的屋门。"

大概只是形容它们的忙碌罢了。

《俳谐岁时记》是从前传下来的东西，虽然新的季题不断的增入，可是旧的却还是留着，这里"猫的恋爱"与鸟雀交尾总还是事实，有些空虚的传说却也罗列着，例如"田鼠化为驾"以及"獭祭鱼"之类。大概这很受中国的《月令》里七十二候的影响，不过大雪节的三候中有"虎始交"，《岁时记》里却并不收，我想或者是因为难得看见老虎的缘故吧。虎猫本是同类，恐怕也是那么的嚷嚷的，但是不听见有人说起过，现代讲动物园的书有些描写它们的生活，也不曾见有记录。《七十二候图赞》里画了两只老虎相对，一只张着大嘴，似乎是吼叫的样子，这或者是仿那猫的作风而画的吧。赞曰：

"虎至季冬，感气生育，虎客不复，后妃乱政。"

意思不很明白，第三句里似乎可能有刻错的字，但是也不知道正文是什么字了。

蚯蚓

蚯蚓的工作大概有三部分，

即是打洞，碎土，掩埋。

忽然想到，草木虫鱼的题目很有意思，抛弃了有点可惜，想来续写，这时候第一想起的就是蚯蚓，或者如俗语所云是曲蟮。小时候每到秋天，在空旷的院落中，常听见一种单调的鸣声，仿佛似促织，而更为低微平缓，含有寂寞悲哀之意，民间称之曰曲蟮叹窠，倒也似乎定得颇为确当。案崔豹《古今注》云：

"蚯蚓，一名蜿蟮，一名曲蟮，善长吟于地中，江东谓之歌女，或谓之鸣砌。"由此可见蚯蚓歌吟之说古时已有，虽然事实上并不如此，乡间有俗谚其原语不尽记忆，大意云，蝼蛄叫了一世，却被曲蟮得了名声，正谓此也。

蚯蚓只是下等的虫豸，但很有光荣，见于经书。在书房里念《四书》，念到《孟子·滕文公下》，论陈仲子处有云："充仲子之操，则蚓而后可者也，夫蚓上食槁壤，下饮黄泉。"这样他至少可以有被出题目做八股的机会，那时代圣贤立言的人们便要用了很好的声调与字面，大加以赞叹，这与蟬同是难得的名誉。后来《大戴礼·劝学篇》中云："蚓无爪牙之利，筋骨之强，上食埃土，下饮黄泉，用心一也。"又杨泉《物理论》云：

"检身止欲，莫过于蚓，此志士所不及也。"此二者均即根据孟子所说，而后者又把邵武士人在《孟子正义》中所云但上食其槁壤之土，下饮其黄泉之水的事，看作理想的极廉的生活，可谓极端的佩服矣。但是现在由我们看来，蚯蚓固然仍是而且或者更是可以佩服的东西，他却并非陈仲子一流，实在乃是禹稷的一队伙里的，因为他是人类——农业社会的人类的恩人，不单是独善其身的廉士志士已也。这种事实在中国书上不曾写着，虽然上食槁壤，这一句话也已说到，但是一直没有看出其重要的意义，所以只好往外国的书里去找，英国的怀德在《色耳彭的自然史》中，于一七七七年写给巴林顿第三十五信中曾说及蚯蚓的重大的工作，它掘地钻孔，把泥土弄松，使得雨水能沁入，树根能伸长，又将稻草树叶拖入土中，其最重要者则是从地下抛上无数的土块来，此即所谓曲蟺粪，是植物的好肥料。他总结说：

"土地假如没有蚯蚓，则即将成为冷，硬，缺少发酵，因此也将不毛了。"达尔文从学生时代就研究蚯蚓，他收集在一年中一方码的地面内抛上来的蚯蚓粪，计算在各田地的一定面积内的蚯蚓穴数，又估计他们拖下多少树叶到洞里去。这样辛勤的研究了大半生，于一八八一年乃发表他的大著《由蚯蚓而起的植物性壤土之造成》，证明了地球上大部分的肥土都是由这小虫的努力而做成的。他说：

"我们看见一大片满生草皮的平地，那时应当记住，这地面平滑所以觉得很美，此乃大半由于蚯蚓把原有的不平处所都慢慢的弄平了。想起来也觉得奇怪，这平地的表面的全部都从蚯蚓的身子里通过，而且每隔不多几年，也将再被通过。耕犁是人类发明中最为古老也最有价值之一，但是在人类尚未存在的很早以前，这地乃实在已被蚯蚓都定期的耕过了。世上尚有何种动物，像这低级的小虫似的在地球的历史上，担任着如此重要的职务者，这恐怕是个疑问吧。"

蚯蚓的工作大概有三部分，即是打洞，碎土，掩埋。关于打洞，我们根据汤木孙的一篇《自然之耕地》，抄译一部分于下：

"蚯蚓打洞到地底下深浅不一，大抵二英尺之谱。洞中多很光滑，铺着草叶。末了大都是一间稍大的房子，用叶子铺得更为舒服一点。在白天里洞门口常有一堆细石子，一块土或树叶，用以阻止蜈蚣等的侵入者，防御鸟类的啄毁，保存穴内的润湿，又可抵挡大雨点。

"在松的泥土打洞的时候，蚯蚓用他身子尖的部分去钻。但泥土如是坚实，他就改用吞泥法打洞了。他的肠胃充满了泥土，回到地面上把它遗弃，成为蚯蚓粪，如在草原与打球场上所常见似的。

"蚯蚓吞咽泥土，不单是为打洞，他们也吞土为的是土里所有的腐烂的植物成分，这可以供他们做食物。在洞穴已经做好之后，抛出在地上的蚯蚓粪那便是为了植物食料而吞的土了，假如粪出得很多，就可推知这里树叶比较的少用为食物，如粪的数目很少，大抵可以说蚯蚓得到了好许多叶子。在洞穴里可以找到好些吃过一半的叶子，有一回我们得到九十一片之多。

"在平时白天里蚯蚓总是在洞里休息，把门关上了。在夜间他才活动起来了，在地上寻找树叶和滋养物，又或寻找配偶。打算出门去的时候，蚯蚓便头朝上的出来，在抛出蚯蚓粪的时候，自然是尾巴在上边，他能够在路上较宽的地方或是洞底里打一个转身的。"

碎土的事情很是简单，吞下的土连细石子都在胃里磨碎，成为细腻的粉，这是在蚯蚓粪可以看得出来的。掩埋可以分作两点。其一是把草叶树子拖到土里去，吃了一部分以外多腐烂了，成为植物性壤土，使得土地肥厚起来，大有益于五谷和草木。其二是从底下抛出粪土来把地面逐渐掩埋了。地平并未改变，可是底下的东西搬到了上边来。这是很好的耕田。据说在非洲西海岸的一处地方，每一方里面积每一年里有六万二千二百三十三吨的土搬到地面上来，又在二十七年中，二英尺深地面的泥土将颗粒不遗的全翻转至地上云。达尔文计算在英国平常耕地每一亩中平均有蚯蚓五万三千条，但如古旧休闲的地段其数目当增至五十万。此一亩五万三千的蚯蚓在一年中将把十吨的泥土悉自肠胃通过，再搬至地面上。在十五年中此土将遮盖地面厚至三寸，如六十年即积一英尺矣。这样说起来，蚯蚓之为物虽微小，其工作实不可不谓伟大。古人云，民以食为天，蚯蚓之功在稼穑，谓其可以与大禹或后稷相比，不亦宜欤。

末后还想说几句话，不算什么辟谣，亦只是聊替蚯蚓表明真相而已。《太平御览》九四七引郭景纯《蚯蚓赞》云："蚯蚓土精，无心之虫，交不以分，淫于阜螽，触而感物，乃无常雄。"又引刘敬叔《异苑》，云宋元嘉初有王双者，遇一女与为偶，后乃见是一青色白领蚯蚓，于时咸谓双暂同阜螽矣。案由此可知晋宋时民间相信蚯蚓无雄，与阜螽交配，这种传说后来似乎不大流行了，可是它总有一种特性，也容易被人误解，这便是雌雄同体这件事。怀德的《观察录》中昆虫部分有一节关于蚯蚓的，可以抄引过来当资料，其文云：

"蚯蚓夜间出来躺在草地上，虽然把身子伸得很远，却并不离开洞穴，仍将尾巴末端留在洞内，所以略有警报就能急速的退回地下去。这样伸着身子的时候，凡是够得着的什么食物也就满足了，如草叶、稻草、树叶，这些碎片他们常拖到洞穴里去。就是在交配时，他的下半身也决不离开洞穴，所以除了住得相近互相够得着的以外，没有两个可以得有这种交际，不过因为他们都是雌雄同体的，所以不难遇见一个配偶，若是雌雄异体则此事便很是困难了。"案雌雄同体与自为雌雄本非一事，而古人多混而同之。《山海经》一《南山经》中云：

"有兽焉，其状如狸而有髦，其名曰类，自为牝牡，食者不妒。"郝兰皋疏转引《异物志》云：灵猫一体，自为阴阳。又三《北山经》云，带山有鸟名曰鹐鸺，是自为牝牡，亦是一例。而王崇庆在释义中乃评云：

"鸟兽自为牝牡，皆自然之性，岂特鹐鸺也哉。"此处唯理派的解释固然很有意思，却是误解了经文，盖所谓自者非谓同类而是同体也。郭景纯《类赞》云：

"类之为兽，一体兼二，近取诸身，用不假器，窈窕是佩，不知妒忌。"说的很是明白。但是郭君虽博识，这里未免小有谬误，因为自为牝牡在事实上是不可能的，只有笑话中说说罢了，粗鄙的话现在也无须传述。《山海经》里的鸟兽我们不知道，单只就蚯蚓来说，它的性生活已由动物学者调查清楚，知道它还是二虫相交，异体受精的，瑞德女医师所著《性是什么》，书中第二章论动物间性，举水螅、蚯蚓、蛙、鸡、狗五者为例，我们可以借用讲蚯蚓的一小部分来做说明。据说蚯蚓全身约共有百五十节，在十三节有卵巢一对，在十及十一节有睾丸各两对，均在十四节分别开口，最奇特的是在九至十一节的下面左右各有二口，下为小囊，又其三二至三七节背上颜色特殊，在产卵时分泌液质作为茧壳。凡二虫相遇，首尾相反，各以其九至十三节一部分下面相就，输出精子入于对方的四小囊中，乃各分散，及卵子成熟时，背上特殊部分即分泌物质成筒形，蚯蚓乃缩身后退，筒身擦过十三四节，卵子与囊中精子均黏着其上，遂以并合成胎，蚓首缩入筒之前端，此端即封闭，及首退出后端，亦随以封固而成茧矣。以上所述因力求简要，说的很有欠明白的地方，但大抵可以明了蚯蚓生殖的情形，可知雌雄同体与自为牝牡原来并不是一件事。蚯蚓的名誉和我们本是风马牛不相及，也不必替他争辩，不过为求真实起见，不得不说明一番，目的不是写什么科学小品，而结果搬了些这一类的材料过来，虽不得已，亦是很抱歉的事也。

螟蛉与萤火

刊一九三六年三月《青年界》。

中国人拙于观察自然，往往喜欢去把他和人事连接在一起。最显著的例，第一是儒教化，如乌反哺，羔羊跪乳，或枭食母，都一一加以伦理的解说。第二是道教化，如桑虫化为果蠃，腐草化为萤，这恰似"仙人变形"，与六道轮回又自不同。李元著《蠕范》卷二有物化一篇，专记这些奇奇怪怪的变化，其序言云：

"天地一化境也，万物一化机也。唯物之化，忽失其故，无情而有，有情而无，未不虞来，既不追往，各忽忽不自知而相消长也。"

话说得很玄妙，觉得不大了然，但是大家一般似乎都承认物化，普通过继异姓子女就称为螟蛉子，可见通行得久远了。关于腐草为萤也听见过这故事，云有人应考作赋以此为题，向友人求材料，或戏语之云，青青河畔草，君子之德风，小人之德草，囊萤照读，皆是。此人即写道：昔年河畔，曾叨君子之风，今日囊中，复照圣人之典。遂以此考取第一云。读书人从前大抵都知道这件故事，因为这是文章作法上的一条实例，至于老百姓则相信牛粪变萤火，或者因乡间无腐草故转变为性质相似的牛粪亦未可知，其实盖见牛粪左近多为"火萤虫"所聚集故耳。

　　自然科学在中国向不发达，我恐怕在"广学会"来开始工作以前中国就不曾有过独立的植物或动物学。这在从前只附属于别的东西，一是经部的《诗经》与《尔雅》，二是史部的地志，三是子部的农与医。地志与农学没有多少书，关于不是物产的草木禽虫更不大说及，结果只有《诗经》《尔雅》的注笺以及《本草》可以算是记载动植物事情的书籍。现在我们想问问关于物化他们的意见如何。《诗》小雅《小宛》云，螟蛉有子，蜾蠃负之。注疏家向来都说蜾蠃是个老鳏夫，他硬去把桑虫的儿子抱来承继，给他接香烟。只有宋严粲的《诗缉》引了《解颐新语》，辨正旧说，云蜾蠃自有细卵如粟，寄螟蛉之身以养之，非螟蛉所化，而后之说诗者却都不接受，毛晋在《毛诗陆疏广要》卷下之下历举诸说后作断语云：

　　"若细腰土蜂借他虫咒为己子，古今无异，陶隐居异其说，范处义附之，不知破窠见有卵如粟及死虫，盖变与未变耳。"

　　此语殊支离，然以后似竟无人能识其误，即较多新意见的姚际恒方玉润亦均遵循旧说，其他不必说了。《本草纲目》卷三十九虫部蠮螉下，首列陶弘景说，韩保升寇宗奭赞成，李含光苏颂反对，李时珍结论亦以陶说为正，可以说多数通过了，即此可知医家中似比儒生更多明白人。《尔雅·释虫》，蜾蠃蒲卢，螟蛉桑虫。这显然是在释诗，注《尔雅》的自然也都是这种说法，邢昺《疏》陆佃《埤雅》皆是，唯罗愿《尔雅翼》卷二十六云：

　　"案陶氏之说实当物理，……然诗之本旨自不如此，而笺疏及扬子云之说疏矣。"

想对于陶隐居的"造诗者未审"这句话加以辨解，本可不必，但他知道陶说之合于物理，可谓有识。邵晋涵的《尔雅正义》刻于乾隆戊申（一七八八），他的意见却比罗端良更旧。卷十六引郑笺陆疏陶弘景苏颂及《法言》各说后云：

"扬雄所说，即诗教诲尔子式谷似之之义，合诸《庄子》《淮南》，则知化生之说不可易矣。"

这里我们就得特别提出郝懿行的《尔雅义疏》来。郝氏《晒书堂文集》卷二有一篇《与孙渊如观察书》，时为嘉庆戊辰，正是戊申的二十年后，中有一节云：

"《尔雅正义》一书足称该博，犹未及乎研精，至其下卷尤多影响。懿行不揆梼昧，创为略义，不欲上掩前贤，又不欲如刘光伯之规杜过，用是自成一书，不相因袭，性喜简略，故名之'尔雅略义'。（案即《义疏》原名。）尝论孔门多识之学殆成绝响，唯陆元恪之《毛诗疏》，剖析精微，可谓空前绝后。盖以故训之伦无难钩稽搜讨，乃至虫鱼之注，非夫耳闻目验，未容置喙其间，牛头马髀，强相附会，作者之体又宜舍诸。少爱山泽，流观鱼鸟，旁涉夭条，靡不覃研钻极，积岁经年，故尝自谓《尔雅》下卷之疏几欲追踪元恪，陆农师之《埤雅》，罗端良之翼雅，盖不足言。"

这里批评《正义》固然很对，就是自述也确实不是夸口，盖其讲虫鱼多依据耳闻目验，如常引用民间知识及俗名，在别家笺注中殆不可得。邵氏自序中亦夸说云：

"草木虫鱼鸟兽之名，古今异称，后人辑为专书，语多皮傅，今就灼知傅实者，详其形状之殊，辨其沿袭之误。"

这与乾隆辛卯（一七七一）刻《毛诗名物图说》中徐鼎自序所云，"凡钓叟村农，樵夫猎户，下至舆台皂隶，有所闻必加试验而后图写"，正是一样，然而成绩都不能相副，徐氏图不工而说亦陈旧，邵氏虫鱼之注仍多"影响"，可见实验之不易谈也。《尔雅义疏》下之三关于果蠃赞成陶隐居之说，案语云：

"牟应震为余言，尝破蜂房视之，一如陶说，乃知古人察物未精，妄有测量。又言其中亦有小蜘蛛，则不必尽取桑虫。诗人偶尔兴物，说者自不察耳。"

虽然仍为作诗者开脱，却比《尔雅翼》说得更有情理，盖古代诗人虽然看错自可原谅，后世为名物之学者犹茫然不知，或更悍然回护旧说，那就很有点讲不过去了。

《尔雅》，荧火即炤。郭注，夜飞，腹下有火。郭景纯在这里没有说到他的前身和变化，后来的人却总不能忘记《月令》的"季夏之月腐草为萤"这句话，拿来差不多当作唯一的注脚。邢《疏》，陆《新义》及《埤雅》，罗《尔雅翼》，都是如此，邵《正义》不必说了，就是王引之的《广雅疏证》也难免这样。更可注意的是本草家，这一回他们也跳不出圈子了。《本草纲目》四十一引陶弘景曰：

"此是腐草及烂竹根所化。初时如蛹，腹下已有光，数日变而能飞。"

李时珍则详说之曰：

"萤有三种。一种小而宵飞，腹下光明，乃茅根所化也。《吕氏月令》所谓腐草化为萤者是也。一种长如蛆蝎，尾后有光，无翼不飞，乃竹根所化也，一名蠲，俗名萤蛆，《明堂月令》所谓腐草化为蠲者是也，其名宵行。茅竹之根夜视有光，复感湿热之气，遂变化成形尔。一种水萤，居水中，庸李子卿《水萤赋》所谓彼何为而化草，此何为而居泉，是也。"我们再查《尔雅义疏》，则曰：

"陶说非也。今验萤火有二种，一种飞者形小头赤，一种无翼，形似大蛆，灰黑色，而腹下火光大于飞者，乃《诗》所谓宵行，《尔雅》之即炤亦当兼此二种，但说者止见飞萤耳。又说茅竹之根夜皆有光，复感湿热之气，遂化成形，亦不必然。盖萤本卵生，今年放萤火于屋内，明年夏细萤点点生光矣。"此是何等见识，虽然实在也只是常识，但是千百年来没有人能见到，则自不愧称为研精耳。不过下文又云：

"《夏小正》云，丹鸟羞白鸟。丹鸟谓丹良，白鸟谓蚊蚋。《月令疏》引皇侃说，丹良是萤火也。"于此别无辨解，盖对于《夏小正》文不发生疑问。《本草纲目》四十一蚊子下，李时珍曰，"萤火蝙蝠食之"，意亦相同。罗愿却早有异议提出，《尔雅翼》二十六蚊下云：

"《夏小正》云，丹鸟羞白鸟。丹鸟萤也，白鸟蚊也。谓萤以蚊为羞粮，则未知其审也。"二十七萤下又云：

"《夏小正》曰，丹鸟羞白鸟。此言萤食蚊蚋。又今人言，赴灯之蛾以萤为雌，故误赴火而死。然萤小物耳，乃以蛾为雄，以蚊为粮，皆未可轻信。"此亦凭常识即可明了，郝君惜未虑及，正如《义疏》在螟螣蟊贼节下仍信"螽子遇旱还为螽，遇水即为鱼"，不免是千虑之一失耳。

廿五年一月十四日，于北平记

[补记]

顷查季本的《说诗解颐》字义卷六,《小宛》三章下注云:

"旧说蜾蠃取桑虫负之于木空中,七日而化为其子,其说盖本陆玑《虫鱼疏》,而范氏《解颐新语》乃曰云云,此其为说似尝究物理者。然自庄列扬雄皆有纯雌自化类我速肖之说,则其来已久而非起于汉儒矣,且与诗义相合,岂范氏所言别是一虫而误指为蜾蠃欤?不然则蜾蠃之与螟蛉有互相育化之理邪?姑两存之。"其说模棱两可,但较蛮悍的已稍胜,故特为抄出。一月二十日又记。

辑 五

　　我现在的快乐只想在闲时喝一杯清茶，看点新书，无论他是讲虫鸟的歌唱，或是记贤哲的思想，古今的刻绘，都足以使我感到人生的欣幸。

初恋

1922 年 9 月 1 日刊《晨报副镌》。

那时我十四岁，她大约是十三岁罢。我跟着祖父的妾宋姨太太寄寓在杭州的花牌楼，间壁住着一家姚姓，她便是那家的女儿。她本姓杨，住在清波门头，大约因为行三，人家都称她作三姑娘。姚家老夫妇没有子女，便认她做干女儿，一个月里有二十多天住在他们家里，宋姨太太和远邻的羊肉店石家的媳妇虽然很说得来，与姚宅的老妇却感情很坏，彼此都不交口，但是三姑娘并不管这些事，仍旧推进门来游嬉。她大抵先到楼上去，同宋姨太太搭讪一回，随后走下楼来，站在我同仆人阮升公用的一张板桌旁边，抱着名叫"三花"的一只大猫，看我映写陆润庠的木刻的字帖。

我不曾和她谈过一句话，也不曾仔细的看过她的面貌与姿态。大约我在那时已经很是近视，但是还有一层缘故，虽然非意识的对于她很是感到亲近，一面却似乎为她的光辉所掩，开不起眼来去端详她了。在此刻回想起来，仿佛是一个尖面庞，乌眼睛，瘦小身材，而且有尖小的脚的少女，并没有什么殊胜的地方，但在我的性的生活里总是第一个人，使我于自己以外感到对于别人的爱着，引起我没有明了的性的概念的对于异性的恋慕的第一个人了。

我在那时候当然是"丑小鸭"，自己也是知道的，但是终不以此而减灭我的热情。每逢她抱着猫来看我写字，我便不自觉的振作起来，用了平常所无的努力去映写，感着一种无所希求的迷蒙的喜乐。并不问她是否爱我，或者也还不知道自己是爱看她，总之对于她的存在感到亲近喜悦，并且愿为她有所尽力，这是当时实在的心情，也是她所给我的赐物。在她是怎样不能知道，自己的情绪大约只是淡淡的一种恋慕，始终没有想到男女夫妇的问题。有一天晚上，宋姨太太忽然又发表对于姚姓的憎恨，末了说道：

"阿三那小东西，也不是好东西，将来总要流落到拱辰桥去做婊子的。"

我不很明白做婊子这些是什么事情，但当时听了心里想道：

"她如果真是流落做了婊子，我必定去救她出来。"

大半年的光阴这样的消费过去了。到了七八月里因为母亲生病，我便离开杭州回家去了。一个月以后，阮升告假回去，顺便到我家里，说起花牌楼的事情，说道：

"杨家的三姑娘患霍乱死了。"

我那时也很觉得不快，想象她的悲惨的死相，但同时却又似乎很是安静，仿佛心里有一块大石头已经放下了。

十年九月

先母事略

先母性和易，

但有时也很强毅，

虽然家里也很窘迫，

但到底要比别房略为好些，

以是有些为难的本家时常走来乞借，

总肯予以通融周济，

可是遇见不讲道理的人，

却也要坚强的反抗。

　　民国三十二年（一九四三）这年，在我是一个灾祸很重的年头，因为在那年里我的母亲故去了。我当时写了一篇《先母事略》，同讣闻一起印发了，日前偶然找着底稿，想就把它拿来抄在这里，可是无论怎么也找不到了，所以只好起头来写，可能与原来那篇稍有些出入了吧。

　　先母姓鲁，名瑞，会稽东北乡的安桥头人。父名希曾，是前清举人，曾任户部司员，早年告退家居，移家于皇甫庄，与范啸风（著《越谚》的范寅）为邻，先君伯宜公进学的时候，有一封贺信写给介孚公，是范啸风代笔的，底稿保存在我这里，里边有"弟有三娇，从此无白衣之客；君惟一爱，居然继黄卷之儿"，是颇有参考价值的。先母共有兄弟五人，自己居第四，姊妹三人则为最小的，所以在母家被称为小姑奶奶。先君进学年代无可考了，惟希曾公于光绪十年甲申（一八八四）去世，所以可见这当更在其前。先母生于咸丰七年丁巳（一八五七）十一月十九日，卒于民国三十二年癸未（一九四三）四月二十二日，享年八十七岁。先母生子女五人，长樟寿，即树人，次櫆寿，即作人，次端姑，次松寿，即建人，次椿寿。端姑未满一岁即殇，先君最爱怜她，死后葬于龟山殡舍之外，亲自题碑曰：周端姑之墓，周伯宜题；后来迁移合葬于逍遥楼，此碑遂因此失落了。椿寿则于六岁时以肺炎殇，亦葬于龟山，其时距先君之丧不及二年，先母更特别悲悼，以椿寿亦为先君所爱，临终时尚问"老四在哪里"，时已夜晚乃从睡眠中唤起，带到病床里边。故先母亦复怀念不能忘，乃命我去找画师叶雨香，托他画一个小照，他凭空画了小孩，很是玉雪可爱，先母看了也觉中意，便去裱成一幅小中堂，挂在卧房里；搬到北京来以后，也还是一直挂着，足足挂了四十五年。

先君生于咸丰十年庚申（一八六〇）十二月二十一日，卒于光绪二十二年丙申（一八九六）九月初六日，得年三十七，绍兴所谓刚过了本寿。他是在哪一年结婚或是进学的，都无可考，或者这在当时只用活字排印了二十部的《越城周氏支谱》上可能有记载。但是我们房派下所有的一部，却给国民党政府没收了，往北京图书馆去查访，也仍是没有下落。先君本名凤仪，进学的名字是文郁；后来改名仪炳，又改用吉，这以后就遇着那官事。先君说，"这名字的确不好，便是说拆得周字不成周字了。"但他的号还是伯宜，因为他小名叫作"宜"，先母平时叫他"宜老相公"，——查《越谚》卷中人类尊称门中有老相公，注云有田产安享者，又佃户亦常称地主为收租老相公，意如是称谓当必有所本，唯小时候也不便动问，所以这缘故终于不能明了。

先母性和易，但有时也很强毅，虽然家里也很窘迫，但到底要比别房略为好些，以是有些为难的本家时常走来乞借，总肯予以通融周济，可是遇见不讲道理的人，却也要坚强的反抗。清末天足运动兴起，她就放了脚，本家中有不第文童，绰号"金鱼"的顽固党扬言曰，"某人放了大脚，要去嫁给外国鬼子了。"她听到了这话，并不生气，去找金鱼评理，却只冷冷的说道："可不是么，那倒真是很难说的呀。"她晚年在北京常把这话告诉家里人听，所以有些人知道。我将这事写在《鲁迅的故家》的一节里，我的族叔冠五君见了加以补充道：

"鲁老太太的放脚，是和我的女人谢蕉荫商量好一同放的。金鱼在说了放脚是要嫁洋鬼子的话以外，还把她们称为妖怪，金鱼的老子也给她们两人加了'南池大扫帚'的称号，并责备藕琴公家教不严。藕琴公却冷冷的说了一句，'我难道要管媳妇的脚么？'这位老顽固碰了一鼻子的灰，就一声不响的走了。"所谓金鱼的老子即《故家》里五十四节所说的椒生，也就是冠五的先德藕琴公的老兄，大扫帚是骂女人的一种隐语，说她要败家荡产，像大扫帚扫地似的，南池乃是出产扫帚的地名。先母又尝对她的媳妇们说：

"你们每逢生气的时候，便不吃饭了，这怎么行呢？这时候正需要多吃饭才好呢，我从前和你们爷爷吵架，便要多吃两碗，这样才有气力说话呀。"这虽然一半是戏言，却也可以看出她强健性格的一斑。

先君虽未曾研究所谓西学，而意见甚为通达，尝谓先母曰，"我们有四个儿子，我想将来可以将一个往西洋去，一个往东洋去留学"。这个说话，总之是在癸巳至丙申（一八九三至九六）之间，可以说是很有远见了。那时人家子弟第一总是读书赶考，希望做官；看看这个做不到，不得已而思其次，也是学幕做师爷；又其次是进钱店与当铺，而普通的工商业不与焉，至于到外国去进学堂，更是没有想到的事了。先君去世以后，儿子们要谋职业，先母便陆续让他们出去，不但去进洋学堂，简直搞那当兵的勾当，无怪族人们要冷笑这样的说了，便是像我那样六年间都不回家，她也毫不嗔怪。她虽是疼爱她的儿子，但也能够坚忍，在什么必要的时候。我还记得在鲁迅去世的那时候，上海来电报通知我，等我去告诉她知道，我一时觉得没有办法，便往北平图书馆找宋紫佩，先告诉了他，要他一同前去。去了觉得不好就说，就那么经过了好些工夫，这才把要说的话说了出来，看情形没有什么，两个人才放了心。她却说道："我早有点料到了，你们两个人同来，不像是寻常的事情，而且是那样迟延尽管说些不要紧的话，愈加叫我猜着是为老大的事来的了。"将这一件与上文所说的"一幅画"的事对照来看，她的性情的两方面就可全然明了了。

先母不曾上过学，但是她能识字读书。最初读的也是些弹词之类，我记得小时候有一个时期很佩服过左维明，便是从《天雨花》看来的，但是那里写他剑斩犯淫的侍女，却是又觉得有了反感了。此外还有《再生缘》，不过看过了没有留下什么记忆。随后看的是演义，大抵家里有的都看，多少也曾新添一些，记得有大橱里藏着一部木板的《绿野仙踪》，似乎有些不规矩的书也不是例外。至如《今古奇观》和《古今奇闻》，那不用说了。我在庚子年以前还有科举的时候，在"新试前"赶考场的书摊上买得一部《七剑十三侠》，她看了觉得喜欢，以后便搜寻它的续编以至三续，直到完结了才算完事。此后也看新出的章回体小说，民国以后的《广陵潮》也是爱读书之一，一册一册的随出随买，有些记得还是在北京所买得的。她只看白话的小说，虽然文言也可以看，如《三国演义》，但是不很喜欢，《聊斋志异》则没有看过。晚年爱看报章，定上好几种，看所登的社会新闻，往往和小说差不多，同时却也爱看政治新闻。我去看她时辄谈段祺瑞吴佩孚和张作霖怎么样，虽然所根据的不外报上的记载，但是好恶得当，所以议论都是得要领的。

先母的诞日是照旧历计算的，每年在那一天，叫饭馆办一桌酒席给她送去，由她找几个合适的人同吃，又叫儿子丰一照一张相，以作纪念。一九四二年十二月廿六日为先母八十六岁的生日，丰一于饭店为照相，及至晒好以后先母乃特别不喜欢，及明年去世，唯此相为最近所照，不得已遂放大用之于开吊时。一九四三年四月份日记云：

"廿二日晴，上午六时同信子往看母亲，情形不佳，十一时回家。下午二时后又往看母亲，渐近弥留，至五时半遂永眠矣。十八日见面时，重复云，这回永别了，不图竟至于此，哀哉。唯今日端正状安谧，神识清明，安静入灭，差可慰耳。九时回来。

"廿三日晴，上午九时后往西三条。下午七时大殓，致祭，九时回家。此次系由寿先生让用寿材，代价九百元，得以了此大事，至可感也。

"廿四日晴，上午八时往西三条，九时灵柩出发，由宫门口出西四牌楼，进太平仓，至嘉兴寺停灵，十一时到。下午接三，七时半顷回家，丰一暂留，因晚间放焰口也。"至五月二日开吊，以后就一直停在那里，明年六月十九日乃下葬于西郊板井村之墓地。

本文是完了，但是这里却有一个附录，这便是上文所说范啸风替晴轩公写的那封信，因为文章虽并不高明，内容却有可供参考的地方，而且那种"黄伞格"的写法将来也要没有人懂得了，所以我把它照原样的抄写在这里了。原题是《答内阁中书周福清并贺其子入泮》：

悉依玉树，增葭末之荣光，昨奉金缄，愧裙生之死赠。兹者欣遇令郎入泮，窃喜择婿东床，笑口欢腾，喜心倾写。

恭维介孚仁兄亲家大人职勤视草，恩遇赐罗，雅居中翰之班，爱莲名噪，秀看后英之苗，采藻声传。闻喜可知，驰贺靡似。弟自违粉署，遂隐稽山，蜗居不啻三迁，蠖屈已将廿载。所幸男婚女嫁，愿了向平，侄侍孙嬉，情娱垂晚。昔岁季女归第，今兹快婿游庠，弟有三娇，从此无白衣之客；君惟一爱，居然继黄卷之儿。不禁笔歌，用达絮语，敬贺鸿禧，顺请台安，诸维亮察不庄。姻愚弟鲁希曾顿首。

若子的病

1925 年 5 月 4 日刊《语丝》25 期。

《北京孔德学校旬刊》第二期于四月十一日出版，载有两篇儿童作品，其中之一是我的小女儿写的。

晚上的月亮（周若子）

晚上的月亮，很大又很明。我的两个弟弟说："我们把月亮请下来，叫月亮抱我们到天上去玩。月亮给我们东西，我们很高兴。我们拿到家里给母亲吃，母亲也一定高兴。"

但是这张旬刊从邮局寄到的时候，若子已正在垂死状态了。她的母亲望着摊在席上的报纸又看昏沉的病人，再也没有什么话可说，只叫我好好地收藏起来，——做一个将来决不再寓目的纪念品。我读了这篇小文，不禁忽然想起六岁时死亡的四弟椿寿，他于得急性肺炎的前两三天，也是固执地向着佣妇追问天上的情形，我自己知道这都是迷信，却不能禁止我脊梁上不发生冰冷的感觉。

　　十一日的夜中，她就发起热来，继之以大吐，恰巧小儿用的摄氏体温表给小波波（我的兄弟的小孩）摔破了，土步君正出着第二次种的牛痘，把华氏的一具拿去应用，我们房里没有体温表了，所以不能测量热度，到了黎明从间壁房中拿表来一量，乃是四十度三分！八时左右起了痉挛，妻抱住了她，只喊说："阿玉惊了，阿玉惊了！"弟妇（即是妻的三妹）走到外边叫内弟起来，说"阿玉死了！"他惊起不觉坠落床下。这时候医生已到来了，诊察的结果说疑是"流行性脑脊髓膜炎"，虽然征候还未全具，总之是脑的故障，危险很大。十二时又复痉挛，这回脑的方面倒还在其次了，心脏中了霉菌的毒非常衰弱，以致血行不良，皮肤现出黑色，在臂上捺一下，凹下白色的痕好久还不回复。这一日里，院长山本博士，助手蒲君，看护妇永井君白君，前后都到，山本先生自来四次，永井君留住我家，帮助看病。第一天在混乱中过去了，次日病人虽不见变坏，可是一昼夜以来每两小时一回的樟脑注射毫不见效，心脏还是衰弱，虽然热度已减至三八至九度之间。这天下午因为病人想吃可可糖，我赶往哈达门去买，路上时时为不祥的幻想所侵袭，直到回家看见毫无动静这才略略放心。第三天是火曜日，勉强往学校去，下午三点半正要上课，听说家里有电话来叫，赶紧又告假回来，幸而这回只是梦呓，并未发生什么变化。夜中十二时山本先生诊后，始宣言性命可以无虑。十二日以来，经了两次的食盐注射，三十次以上的樟脑注射，身上拥着大小七个的冰囊，在七十二小时之末总算已离开了死之国土，还真是万幸的事了。

　　山本先生后来告诉川岛君说，那日曜日他以为一定不行的了。大约是第二天，永井君也走到弟妇的房里躲着下泪，她也觉得这小朋友怕要为了什么而辞去这个家庭了。但是这病人竟从万死中逃得一生，不知是那里来的力量。医呢，药呢，她自己或别的不可知之力呢？但我知道，如没有医药及大家的救护，她总是早已不在了。我若是一种宗派的信徒，我的感谢便有所归，而且当初的惊怖或者也可减少，但是我不能如此，我对于未知之力有时或感着惊异，却还没有致感谢的那么深密的接触。我现在所想致感谢者在人而不在自然。我很感谢山本先生与永井君的热心的帮助，虽然我也还不曾忘记四年前给我医治肋膜炎的劳苦。川岛斐君二君每日殷勤的访问，也是应该致谢的。

　　整整地睡了一星期，脑部已经渐好，可以移动，遂于十九日午前搬往医院，她的母亲和"姊姊"陪伴着，因为心脏尚须疗治，住在院里较为便利，省得医生早晚两次赶来诊察。现在温度复原，脉搏亦渐恢复，她卧在我曾经住过两个月的病室的床上，只靠着一个冰枕，胸前放着一个小冰囊，伸出两只手来，在那里唱歌。妻同我商量，若子的兄姊十岁的时候，都花过十来块钱，分给用人并吃点东西当作纪念，去年因为筹不出这笔款，所以没有这样办，这回病好之后须得设法来补做并以祝贺病愈。她听懂了这会话的意思，便反对说："这样办不好。倘若今年做了十岁，那么明年岂不还是十一岁么！"我们听了不禁破颜一笑。唉，这个小小的情景，我们在一星期前那里敢梦想到呢？

　　紧张透了的心一时殊不容易松放开来。今日已是若子病后的第十一日，下午因为稍觉头痛告假在家，在院子里散步，这才见到白的紫的丁香都已盛开，山桃烂熳得开始憔悴了，东边路旁爱罗珂君回俄国前手植作为纪念的一株杏花已经零落净尽，只剩有好些绿蒂隐藏嫩叶的底下。春天过去了，在我们彷徨惊恐的几天里，北京这好像敷衍人似地短促的春光早已偷偷地走过去了。这或者未免可惜，我们今年竟没有好好地看一番桃杏花。但是花明年会开的，春天明年也会再来的，不妨等明年再看；我们今年幸而能够留住了别个一去将不复来的春光，我们也就够满足了。

今天我自己居然能够写出这篇东西来，可见我的凌乱的头脑也略略静定了，这也是一件高兴的事。

十四年四月二十二日雨夜

志摩纪念

1931年12月13日作，1932年8月1日刊《新月》4卷1期。

面前书桌上放着九册新旧的书，这都是志摩的创作，有诗，文，小说，戏剧，——有些是旧有的，有些给小孩们拿去看丢了，重新买来的。《猛虎集》是全新的，衬页上写了这几行字："志摩飞往南京的前一天，在景山东大街遇见，他说还没有送你《猛虎集》，今天从志摩的追悼会出来，在景山书社买得此书。"

志摩死了，现在展对遗书，就只感到古人的人琴俱亡这一句话，别的没有什么可说。志摩死了，这样精妙的文章再也没有人能做了，但是，这几册书遗留在世间，志摩在文学上的功绩也仍长久存在。中国新诗已有十五六年的历史，可是大家都不大努力，更缺少锲而不舍地继续努力的人，在这中间志摩要算是唯一的忠实同志，他前后苦心地创办诗刊，助成新诗的生长，这个劳绩是很可纪念的，他自己又孜孜矻矻地从事于创作，自《志摩的诗》以至《猛虎集》，进步很是显然，便是像我这样外行也觉得这是显然。散文方面志摩的成就也并不小，据我个人的愚见，中国散文中现有几派，适之仲甫一派的文章清新明白，长于说理讲学，好像西瓜之有口皆甜，平伯废名一派涩如青果，志摩可以与冰心女士归在一派，仿佛是鸭儿梨的样子，流丽轻脆，在白话的基本上加入古文方言欧化种种成分，使引车卖浆之徒的话进而为一种富有表现力的文章，这就是单从文体变迁上讲也是很大的一个供献了。志摩的诗，文，以及小说戏剧在新文学上的位置与价值，将来自有公正的文学史家会来精查公布，我这里只是笼统地回顾一下，觉得他半生的成绩已经很够不朽，而在这壮年，尤其是在这艺术地"复活"的时期中途凋丧，更是中国文学的一大损失了。

但是，我们对于志摩之死所更觉得可惜的是人的损失。文学的损失是公的，公摊了时个人所受到的只是一份，人的损失却是私的，就是分担也总是人数不会太多而分量也就较重了。照交情来讲，我与志摩不算顶深，过从不密切，所以留在记忆上想起来时可以引动悲酸的情感的材料也不很多，但即使如此我对于志摩的人的悼惜也并不少。的确如适之所说，志摩这人很可爱，他有他的主张，有他的派路，或者也许有他的小毛病，但是他的态度和说话总是和蔼真率，令人觉得可亲近，凡是见过志摩几面的人，差不多都受到这种感化，引起一种好感，就是有些小毛病小缺点也好像脸上某处的一颗小黑痣，也是造成好感的一小小部分，只令人微笑点头，并没有嫌憎之感。有人戏称志摩为诗哲，或者笑他的戴印度帽，实在这些戏弄里都仍含有好意的成分，有如老同窗要举发从前吃戒尺的逸事，就是有派别的作家加以攻击，我相信这所以招致如此怨恨者也只是志摩的阶级之故，而决不是他的个人。适之又说志摩是诚实的理想主义者，这个我也同意，而且觉得志摩因此更是可尊了。

这个年头儿，别的什么都有，只是诚实却早已找不到，便是爪哇国里恐怕也不会有了罢，志摩却还保守着他天真烂漫的诚实，可以说是世所希有的奇人了。我们平常看书看杂志报章，第一感到不舒服的是那伟大的说谎，上自国家大事，下至社会琐闻，不是恬然地颠倒黑白，便是无诚意地弄笔头，其实大家也各自知道是怎么一回事，自己未必相信，也未必望别人相信，只觉得非这样地说不可。知识阶级的人挑着一副担子，前面是一筐子马克思，后面一口袋尼采，也是数见不鲜的事，在这时候有一两个人能够诚实不欺地在言行上表现出来，无论这是那一种主张，总是很值得我们的尊重的了。关于志摩的私德，适之有代为辩明的地方，我觉得这并不成什么问题。为爱惜私人名誉起见，辩明也可以说是朋友的义务，若是从艺术方面看去这似乎无关重要。诗人文人这些人，虽然与专做好吃的包子的厨子，雕好看的石像的匠人，略有不同，但总之小德逾闲与否于其艺术没有多少关系，这是我想可以明言的。不过这也有例外，假如是文以载道派的艺术家，以教训指导我们大众自任，以先知哲人自任的，我们在同样谦恭地接受他的艺术以前，先要切实地检察他的生活，若是言行不符，那便是假先知，须得谨防上他的当。现今中国的先知有几个禁得起这种检察的呢，这我可不得而知了。这或者是我个人的偏见亦未可知，但截至现在我还没有找到觉得更对的意见，所以对于志摩的事也就只得仍是这样地看下去了。

志摩死后已是二十几天了，我早想写小文纪念他，可是这从那里去着笔呢？我相信写得出的文章大抵都是可有可无的，真的深切的感情只有声音，颜色，姿势，或者可以表出十分之一二，到了言语便有点儿可疑！何况又到了文字。文章的理想境我想应该是禅，是个不立文字，以心传心的境界，有如世尊拈花，迦叶微笑，或者一声"且道"，如棒敲头，夯地一下顿然明了，才是正理。此外都不是路。我们回想自己最深密的经验，如恋爱和死生之至欢极悲，自己以外只有天知道，何曾能够于金石竹帛上留下一丝痕迹，即使呻吟作苦，勉强写下一联半节，也只是普通的哀辞和定情诗之流，那里道得出一分苦甘，只看汗牛充栋的集子里多是这样物事，可知除圣人天才之外谁都难逃此难。我只能写可有可无的文章，而纪念亡友又不是可以用这种文章来敷衍的，而纪念刊的收稿期限又迫切了，不得已还只得写，结果还只能写出一篇可有可无的文章，这使我不得不重又叹息。这篇小文的次序和内容差不多是套适之在追悼会所发表的演辞的，不过我的话说得很是素朴粗笨，想起志摩平素是爱说老实话的，那么我这种老实的说法或者是志摩的最好纪念亦未可知，至于别的一无足取也就没有什么关系了。

民国二十年十二月十三日，于北平

爱罗先珂君

飘泊孤独的诗人，
我想你自己的悲哀也尽够受了，
我希望你不要为了住在沙漠上的人们
再添加你的忧愁的重担吧。

一

爱罗君于三日出京了。他这回是往芬兰赴第十四次万国世界语大会去的，九月里还要回来，所以他的琵琶长靴以及被褥都留在中国，没有带走，但是这飘泊的诗人能否在中国的大沙漠上安住，是否运命不指示他去上别的巡礼的长途，觉得难以断定，所以我们在他回来以前不得不暂且认他是别中国而去了。

爱罗君是世界主义者，他对于久别的故乡却怀着十分迫切的恋慕，这虽然一见似乎是矛盾，却很能使我们感到深厚的人间味。他与家中的兄姊感情本极平常，而且这回只在莫思科暂时逗留，不能够下乡去，他们也没有出来相会的自由，然而他的乡愁总是很强，总想去一亲他的久别的"俄罗斯母亲"。他费了几礼拜之力，又得他的乡人柏君的帮助，二十几条的策问总算及格，居然得到了在北京的苏俄代表的许可，可以进俄国去了。又因京奉铁道不通，改从大连绕道赴奉天，恐怕日本政府又要麻烦，因了在北京的清水君的尽力，请日本公使在旅行券上签字，准其通过大连长春一带。赴世界语大会的证明书也已办妥，只有中国护照尚未发下，议定随后给他寄往哈尔滨备用，诸事都已妥帖，他遂于三日由东站出京了。

京津车是照例的拥挤，爱罗君和同行的两个友人因为迟到了一点，——其实还在开车五十分前，已经得不到一个座位了。幸而前面有一辆教育改进社赴济南的包车，其中有一位尹君，我们有点认识，便去和他商量，承他答应，于是爱罗君有了安坐的地方，得以安抵天津，这是很可感谢的。到了天津之后，又遇见陈大悲君，得到许多照应，这京津一路在爱罗君总可说是幸运的旅行了。

他于四日乘长平丸从天津出发，次日下午抵大连。据十一日《晨报》上大连通讯，他却在那时遇着一点"小厄"。当船到埠的时候，他和同行友人上海的清水君，一并被带往日本警察署审问。清水君即被监禁，他只"拘留半日"，总算释放了。听说从天津起便已有日本便衣警察一路跟着他，释放以后也仍然跟着一直到哈尔滨去。他拿着日本全权公使的通过许可，所以在大连只被拘留半日，大约还是很侥幸的罢！清水君便监禁了三天，至七日夜里才准他往哈尔滨去，——当然也被警察跟着。他们几时到哈尔滨，路上和在那里是什么情形，我还没有得到信息，只能凭空的愿望他的平安罢。

爱罗君在中国的时候，政府不曾特别注意，这实在是很聪明的处置，虽然谢米诺夫派的"B老爷"以及少数的人颇反对他。其实他决不是什么危险人物，这是从他作品谈话行动上可以看出来的。他怀着对于人类的爱与对于社会的悲，常以冷隽的言词，热烈的情调，写出他的爱与憎，因此遭外国资本家政府之忌，但这不过是他们心虚罢了。他毕竟还是诗人，他的工作只是唤起人们胸中的人类的爱与社会的悲，并不是指挥人去行暴动或别的政治运动。他承认现代流行的几种主义未必能充分的实现，阶级争斗难以彻底解决一切问题，但是他并不因此而承认现社会制度，他以过大的对于现在的不平，造成他过大的对于未来的希望，——这个爱的世界正与别的主义各各的世界一样的不能实现，因为更超过了他们了。想到太阳里去的雕，求理想的自由的金丝雀，想到地面上来的土拨鼠，都是向往于诗的乌托邦的代表者。诗人的空想与一种社会改革的实行宣传不同，当然没有什么危险，而且正当的说来，这种思想很有道德的价值，于现今道德颠倒的社会尤极有用，即使艺术上不能与托尔斯泰比美，也可以说是同一源泉的河流罢。

以上是我个人的感想，顺便说及。我希望这篇小文只作为他的芬兰旅行的纪念，到了秋天，他回来沙漠上弹琵琶，歌咏春天的力量，使我们有再听他歌声的机会。

爱罗君这个名称，一个朋友曾对我说以为不妥，但我们平常叫他都是如此，所以现在仍旧沿用了。

一九二二年七月十四日

二

十月已经过去了，爱罗君还未回来。莫非他终于不回来了么？他曾说过，若是回来，十月末总可以到京；现在十月已过去了。但他临走时在火车中又说，倘若不来，当从芬兰打电报来通知；而现在也并没有电报到来。

他在北京只住了四个月，但早已感到沙漠上的枯寂了。我们所缺乏的，的确是心情上的润泽，然而不是他这敏感的不幸诗人也不能这样明显的感着，因为我们自己已经如仙人掌类似的习惯于干枯了。爱罗君虽然被日本政府驱逐出来，但他仍然怀恋着那"日出的国，花的国"的日本。初夏的一天下午，我同他在沟沿一带，踏着柔细的灰沙，在柳阴下走着，提起将来或有机会可以重往日本的话，他力说日本决不再准他去，但我因此却很明了地看出他的对于日本的恋慕。他既然这样的恋着日本，当然不能长久安住中原的平野上的了（这是趣味上的，并不是政治上的理由）。

他是一个世界主义者，但是他的乡愁却又是特别的深。他平常总穿着俄国式的上衣，尤其喜欢他的故乡乌克兰式的刺绣的小衫——可惜这件衣服在敦贺的船上给人家偷去了。他的衣箱里，除了一条在一日三浴的时候所穿的缅甸的筒形白布裤以外，可以说是没有外国的衣服。即此一件小事，也就可以想见他是一个真实的"母亲俄罗斯"的儿子。他对于日本正是一种情人的心情，但是失恋之后，只有母亲是最亲爱的人了。来到北京，不意中得到归国的机会，便急忙奔去，原是当然的事情。前几天接到英国达特来夫人寄来的三包书籍，拆开看时乃是七本神智学的杂志名《送光明者》(The Light-bringer)，却是用点字印出的；原来是爱罗君在京时所定，但等得寄到的时候，他却已走的无影无踪了。

爱罗君寄住在我们家里，两方面都很是随便，觉得没有什么室碍的地方。我们既不把他做宾客看待，他也很自然的与我们相处；过了几时，不知怎的学会侄儿们的称呼，差不多自居于小孩子的辈分了。我的兄弟的四岁的男孩是一个很顽皮的孩子，他时常和爱罗君玩耍。爱罗君叫他的诨名道，"土步公呀！"他也回叫道，"爱罗金哥君呀！"但爱罗君极不喜欢这个名字，每每叹道，"唉唉，真窘极了！"四个月来不曾这样叫，"土步公"已经忘记爱罗金哥君这一句话，而且连曾经见过一个"没有眼睛的人"的事情也几乎记不起来了。

有各处的友人来问我，爱罗君现在什么地方，我实在不能回答：在芬兰呢，在西伯利亚呢？有谁知道？我们只能凭空祝他的平安罢。他出京后没有一封信来过。或者因为没有人替他写信，或者因为他出了北京，便忘了北京了；他离去日本后，与日本友人的通信也很不多。——飘泊孤独的诗人，我想你自己的悲哀也尽够受了，我希望你不要为了住在沙漠上的人们再添加你的忧愁的重担吧。

十一月一日

三

爱罗君又出京了。他的去留，在现在的青年或者已经没有什么意义，未必有报告的必要，但是关于他的有一两件事应该略说一下，所以再来写这一篇小文。

爱罗君是一个诗人，他的思想尽管如何偏激，但事实上向不参加什么运动，至少住在我们家里的这一年内我相信是如此的。我们平常看见他于上课读书作文之外，只吃葡萄干梨膏糖和香蕉饼，或者偶往三贝子花园听老虎叫而已。虽然据该管区署的长官告诉我，他到京后，在北京的外国人有点惊恐，说那个著名不安分的人来了，唯中国的官厅却不很以为意，这是我所同意而且很佩服的。但是自从大杉荣失踪的消息传出以后，爱罗君不意的得到好些麻烦。许多不相干的日本人用了电报咧，信咧，面会咧，都来问他大杉的行踪，其实他又不是北京的地总，当然也不会知道，然而那些不相干的人们，认定他是同大杉一起的，这是很明了的了。过了一个月之后，北京的官厅根据了日本方面的通告说有俄国盲人与大杉在北京为过激运动，着手查办，于是我们的巷口听说有人拿着大杉照片在那里守候，而我们家里也来了调查的人。那位警官却信我的话，拿了我的一封保证信，说他并没有什么运动，而且也没有见到什么大杉，回去结案。我不解东京的侦探跟着大杉走了多少年，为什么还弄不清楚，他是什么主义者，却会相信他到北京来做过激运动，真是太可笑了。现在好在爱罗君已经离京，巷口又抓不到大杉，中外仕商都可以请安心，而我的地主之责也总算两面都尽了。

爱罗君这回出发，原是他的预定计划，去年冬初回中国来路过奉天的时候，便对日本尼者说起过的，不过原定暑假时去，现在却提前了两个月罢了。他所公表的提早回国的理由，是想到树林里去听故乡的夜莺，据说他的故乡哈耳珂夫的夜莺是欧洲闻名的，这或者真值得远路跑去一听。但据我的推想，还有一个小小的原因，便是世界语学者之寂寥。不怕招引热心于世界语运动的前辈的失望与不快，我不得不指点出北京——至少是北京——的世界语运动实在不很活泼。运动者尽管热心，但如没有响应，也是极无聊的。爱罗君是极爱热闹的人，譬如上教室去只听得很少的人在那里坐地，大约不是他所觉得高兴的事。世界语的俄国戏曲讲演，——《饥饿王》只讲了一次，——为什么中止了的呢，他没有说，但我想那岂不也为了教室太大了的缘故么。其实本来这在中国也算不得什么奇事，别的学者的讲演大约都不免弄到这样。与其在北京听沙漠的风声，自然还不如到树林中去听夜莺罢。因此对于他的出京，我们纵或不必觉得安心，但也觉得不能硬去挽留了。

　　寒假中爱罗君在上海的时候，不知什么报上曾说他因为剧评事件，被学生撵走了。这回恐怕又要有人说他因为大杉事件而被追放的罢。为抵当这些谣言起见，特地写了这一篇。

一九二三年四月十七日

怀废名

有余君与熊翁同住在二道桥，

曾告诉我说，

一日废名与熊翁论僧肇，

大声争论，忽而静止，则二人已扭打

在一处，旋见废名气哄哄的走出，

但至次日，乃见废名又来，

与熊翁在讨论别的问题矣。

余识废名在民十以前，于今将二十年，其间可记事颇多，但细思之又空空洞洞一片，无从下笔处。废名之貌奇古，其额如螳螂，声音苍哑，初见者每不知其云何。所写文章甚妙，但此是隐居西山前后事，《莫须有先生传》与《桥》皆是，只是不易读耳。废名曾寄住余家，常往来如亲属，次女若子亡十年矣，今日循俗例小作法事，废名如在北平，亦必来赴，感念今昔，弥增怅触。余未能如废名之悟道，写此小文，他日如能觅路寄予一读，恐或未必印可也。

以上是民国廿七年十一月末所写，题曰《怀废名》，但是留得底稿在，终于未曾抄了寄去。于今又已过了五年了，想起要写一篇同名的文章，极自然的便把旧文抄上，预备拿来做个引子。可是重读了一遍之后，觉得可说的话大都也就有了，不过或者稍为简略一点，现在所能做的只是加以补充，也可以说是作笺注罢了。关于认识废名的年代，当然是在他进了北京大学之后，推算起来应当是民国十一年考进预科，两年后升入本科，中间休学一年，至民国十八年才毕业。但是在他来北京之前，我早已接到他的几封信，其时当然只是简单的叫冯文炳，在武昌当小学教师，现在原信存在故纸堆中，日记查找也很费事，所以时日难以确知，不过推想起来这大概总是在民九民十之交吧，距今已是二十年以上了。废名眉棱骨奇高，是最特别处。在《莫须有先生传》第四章中房东太太说，莫须有先生，你的脖子上怎么那么多的伤痕？这是他自己讲到的一点，此盖由于瘰疬，其声音之低哑或者也是这个缘故吧。

废名最初写小说，登在胡适之的《努力周报》上，后来结集为《竹林的故事》，为《新潮社文艺丛书》之一。这《竹林的故事》现在没有了，无从查考年月，但我的序文抄存在《谈龙集》里，其时为民国十四年九月，中间说及一年多前答应他做序，所以至迟这也就是民国十二年的事吧。废名在北京大学进的是英文学系，民国十六年张大元帅入京，改办京师大学校，废名失学一年余，及北大恢复乃复入学。废名当初不知是住公寓还是寄宿舍，总之在那失学的时代也就失所寄托，有一天写信来说，近日几乎没得吃了。恰好章矛尘夫妇已经避难南下，两间小屋正空着，便招废名来住。后来在西门外一个私立中学走教国文，大约有半年之久，移住西山正黄旗村里，至北大开学再回城内。这一期间的经验于他的写作很有影响，村居，读莎士比亚，我所推荐的《吉诃德先生》，李义山诗，这都是构成《莫须有先生传》的分子。从西山下来的时候，也还寄住在我们家里，以后不知是哪一年，他从故乡把妻女接了出来，在地安门里租屋居住，其时在北京大学国文学系做讲师，生活很是安定了，到了民国二十五六年，不知怎的忽然又将夫人和子女打发回去，自己一个人住在雍和宫的喇嘛庙里。当然大家觉得他大可不必，及至卢沟桥事件发生，又很羡慕他，虽然他未必真有先知。废名于那年的冬天南归，因为故乡是拉锯之地，不能在大南门的老屋里安住，但在附近一带托迹，所以时常还可彼此通信，后来渐渐消息不通，但是我总相信他仍是在哪一个小村庄里隐居，教小学生念书，只是多"静坐沉思"，未必再写小说了吧。

翻阅旧日稿本，上边抄存两封给废名的信，这可以算是极偶然的事，现在却正好利用，重录于下。其一云：

石民君有信寄在寒斋，转寄或恐失落，信封又颇大，故拟暂留存，俟见面时交奉。星期日林公未来，想已南下矣。旧日友人各自上飘游之途，回想《明珠》时代，深有今昔之感。自知如能将此种怅惘除去，可以近道，但一面也不无珍惜之意，觉得有此怅惘，故对于人间世未能恝置，此虽亦是一种苦，目下却尚不忍即舍去也。匆匆。九月十五日。

时为民国二十六年，其时废名盖尚在雍和宫。这里提及《明珠》，顺便想说明一下。废名的文艺的活动大抵可以分几个段落来说。甲是

《努力周报》时代，其成绩可以《竹林的故事》为代表。乙是《语丝》时代，以《桥》为代表。丙是《骆驼草》时代，以《莫须有先生》为代表。以上都是小说。丁是《人间世》时代，以《读论语》这一类文章为主。戊是《明珠》时代，所作都是短文。那时是民国二十五年冬天，大家深感到新的启蒙运动之必要，想再来办一个小刊物，恰巧《世界日报》的副刊《明珠》要改编，便接受了来，由林庚编辑，平伯、废名和我帮助写稿，虽然不知道读者觉得何如，在写的人则以为是颇有意义的事。但是报馆感觉得不大经济，于二十六年元旦又断行改组，所以林庚主编的《明珠》只办了三个月，共出了九十二号，其中废名写了很不少，十月九篇，十一二月各五篇，里边颇有些好文章好意思。例如十月份的《三竿两竿》《陶渊明爱树》《陈亢》，十一月份的《中国文章》，《孔门之文》，我都觉得很好。《三竿两竿》起首云：

"中国文章，以六朝人文章为最不可及。"《中国文章》也劈头就说道，"中国文章里简直没有厌世派的文章，这是很可惜的事。"后边又说，"我尝想，中国后来如果不是受了一点佛教影响，文艺里的空气恐怕更陈腐，文章里恐怕更要损失好些好看的字面。"这些话虽然说的太简单，但意思极正确，是经过好多经验思索而得的，里边有其颠扑不破的地方。废名在北大读莎士比亚，读哈代，转过来读本国的杜甫，李商隐，《诗经》《论语》《老子》《庄子》，渐及佛经，在这一时期我觉得他的思想最是圆满，只可惜不曾更多所述著，这以后似乎更转入神秘不可解的一路去了。

我的第二封信已在废名走后的次年，时为民国二十七年三月，其文云：

偶写小文，录出呈览。此可题曰《读大学中庸》，题目甚正经，宜为世所喜，惜内容稍差，盖太老实而平凡耳。椎亦正以此故，可以抄给朋友们一看，虽是在家人亦不打诳语，此鄙人所得之一点滴的道也。日前寄一二信，想已达耶，匆匆不多赘。三月六日晨，知堂白。

所云前寄一二信悉未存底，唯《读大学中庸》一文系三月五日所写，则抄在此信稿的前面，今亦抄录于后：

近日想看《礼记》，因取郝兰皋笺本读之，取其简洁明了也。读《大学》《中庸》各一过，乃不觉惊异。文句甚顺口，而意义皆如初会面，一也。意义还是很难懂，懂得的地方也只是些格言，二也。《中庸》简直多是玄学，不佞盖犹未能全了物理，何况物理后学乎。《大学》稍可解，却亦无甚用处，平常人看看想要得点受用，不如《论语》多多矣。不知道世间何以如彼珍重，殊可惊诧，此其三也。从前书房里念书，真亏得小孩们记得住这些。不佞读《下中》时是十二岁了，愚钝可想，却也背诵过来，反覆思之，所以能成诵者，岂不正以其不可解故耶。

此文也就只是《明珠》式的一种感想小篇，别无深义，寄去后也不记得废名覆信云何，只在笔记一叶之末录有三月十四日黄梅发信中数语云：

"学生在乡下常无书可读，写字乃借改男的笔砚，乃近来常觉得自己有学问，斯则奇也。"寥寥的几句话，却很可看出他特殊的谦逊与自信。废名常同我们谈莎士比亚，庾信，杜甫，李义山，《桥》下篇第十八章中有云：

"今天的花实在很灿烂，——李义山咏牡丹诗有两句我很喜欢，我是梦中传彩笔，欲书花叶寄朝云。你想，红花绿叶，其实在夜里都布置好了，——朝云一刹那见。"此可为一例。

随后他又谈《论语》《庄子》，以及佛经，特别是佩服《涅槃经》，不过讲到这里，我是不懂玄学的，所以就觉得不大能懂，不能有所评述了。废名南归后曾寄示所写小文一二篇，均颇有佳处，可惜一时找不出，也有很长的信讲到所谓道，我觉得不能赘一辞，所以回信中只说些别的事情，关于道字了不提及，废名见了大为失望，于致平伯信中微露其意，但即是平伯亦未敢率尔与之论道也。

关于废名的这一方面的逸事，可以略记一二。废名平常颇佩服其同乡熊十力翁，常与谈论儒道异同等事，等到他着手读佛书以后，却与专门学佛的熊翁意见不合，而且多有不满之意。有余君与熊翁同住在二道桥，曾告诉我说，一日废名与熊翁论僧肇，大声争论，忽而静止，则二人已扭打在一处，旋见废名气哄哄的走出，但至次日，乃见废名又来，与熊翁在讨论别的问题矣。余君云系亲见，故当无错误。废名自云喜静坐深思，不知何时乃忽得特殊的经验，趺坐少顷，便两手自动，作种种姿态，有如体操，不能自已，仿佛自成一套，演毕乃复能活动。鄙人少信，颇疑是一种自己催眠，而废名则不以为然。其中学同窗有为僧者，甚加赞叹，以为道行之果，自己坐禅修道若干年，尚未能至，而废名偶尔得之，可为幸矣。废名虽不深信，然似亦不尽以为妄。假如是这样，那么这道便是于佛教之上又加了老庄以外的道教分子，于不佞更是不可解，照我个人的意见说来，废名谈中国文章与思想确有其好处，若舍而谈道，殊为可惜。废名曾撰联语见赠云，微言欣其知之为诲，道心恻于人不胜天。今日找出来抄录于此，废名所赞虽是过量，但他实在是知道我的意思之一人，现在想起来，不但有今昔之感，亦觉得至可怀念也。

三十二年三月十五日，于北平

武者先生和我

刊一九四三年十二月十日《天地》。

　　方纪生先生从东京寄信来，经了三星期才到，信里说起前日见到武者小路先生，他对于我送他的晋砖砚很是喜欢，要给我一幅铁斋的画，托宫崎丈二先生带来，并且说道，那幅画虽然自己很爱，但不知道周君是否也喜欢。我在给纪生的回信里说，洋画是不懂，却也爱东洋风的画，富冈铁斋可以说是纯东洋的画家，我想他的画我也一定喜欢的。在《东西六大画家》中有铁斋的插画三幅，我都觉得很好，如《献新谷图》，如《荣启期带索图》，就是缩小影印的，也百看不厌，现在使我可以得到一张真迹，这实在是意外的幸事了。

　　我与武者小路先生初次相见是在民国八年秋天，已是二十四年前的事了。那时武者先生（平常大家这样叫他，现在也且沿用）在日本日向地方办新村，我往村里去看他，在万山之中的村中停了四天，就住在武者先生家的小楼上，后来又顺路历访大阪京都滨松东京各新村支部，前后共花了十天的工夫。

第二次是民国二十三年，我利用暑假去到东京闲住了两个月，与武者先生会见，又同往新村支部去谈话一次。

第三次在民国三十年春间，我往京都东京赴东亚文化协会之会，承日本笔会的诸位先生在星冈茶寮招待，武者先生也是其中之一人。

今年四月武者先生往南京出席中日文化协会，转至北京，又得相见，这是第四次了。其时我因事往南京苏州去走了一趟，及至回来，武者先生快要走了，只有中间一天的停留，所以我们会见也就只在那一天里，上午在北京饭店的庸报社座谈会上，下午来到我这里，匆匆的谈了一忽儿而已。

这样计算起来，除了第一次的四天以外，我同武者先生聚谈的时候并不很多，可是往来的关系却已很久，所以两者间的友谊的确是极旧的了。承武者先生不弃，在他的文章里时时提及，又说当初相识彼此都在还没有名的时代，觉得这一点很有意思。

其实这乃是客气的话，在二十四五年前，白桦派在日本文学上正很有名，武者先生是其领袖，我的胡乱写些文章，则确在这以后，却是至今也还不成气候，不过我们的交际不含有一点势利的分子，这是实在的事情。事变之后，武者先生常对我表示关心，大约是二十六年的冬天吧，在一篇随笔里说，不知现在周君的心情如何，很想一听他的真心话。当时我曾复一信，大意说如有机缘愿得面谈，唯不想用文字有所陈说，盖如倪云林所言，说便容易俗，日本所谓野暮也。近来听到又复说起，云觉得与周君当无不可谈者，看了很是感动，却也觉得惭愧。两国的人相谈，甲有甲的立场，乙有乙的立场，因此不大容易说得拢，此是平常的情形，但这却又不难互相体察谅解，那时候就可

194

以说得成一起了，唯天下事愈与情理近者便愈远于事实，故往往亦终以慨叹。

我近来未曾与武者先生长谈深谈过，似乎有点可惜，但是我感觉满足，盖谈到最相契合时恐怕亦只是一叹喟，现在即使不谈而我也一样的相信，与武者先生当无不可谈，且可谈得契合，这是一种愉快同时也是幸福的事。最初听说武者先生要到中国来漫游，我以为是个人旅行，便写信给东京的友人，托其转带口信，请他暂时不必出来，因为在此乱世，人心不安，中国文化正在停顿，殊无可观，旅途辛苦，恐所得不偿所失。嗣知其来盖属于团体，自是别一回事了。

武者先生以其固有的朴诚的态度，在中国留下极深的好印象，可谓不虚此行，私人方面又得一见面，则在我亦为有幸矣。唯愿和平告成后，中国的学问艺术少少就绪，其时再请武者先生枉驾光来，即使别无成绩可以表示，而民生安定，彼此得以开怀畅聚，将互举历来所未谈及者痛快陈之，且试印证以为必定契合者是否真是如此，亦是很有意思的事也。

至于我送给武者先生的那砖砚，与其说是砚，还不如说是砖为的当，那是一小方西晋时的墓砖，有元康九年字样，时为基督纪元二百九十九年，即距今一千六百四十四年前也。我当初搜集古砖，取其是在绍兴出土的，但是到了北京以后，就不能再如此了，也只取其古，又是工艺品，是一种有趣味的小古董而已。有人喜欢把它琢成砚，或是水仙花盆之类，我并不喜欢，不过既已做成了，也只好随它去。我想送给武者先生一块古砖，作为来苦雨斋的纪念，但是面积大，分量重的不大好携带，便挑取了这块元康断砖，而它恰巧是琢成砚形的，因此被称为砚，其实我是当作砖送他的，假如当砚用一定很不合适，好的砚有端溪种种正多着哩。古语云，抛砖引玉。我所抛的正是一块砖，不意却引了一张名人的画来，这正与成语相符，可谓巧合也矣。

民国癸未秋分节 [附记]

上边这篇文章是九月下旬写的。因为那时报上记载，武者先生来华时我奉赠一砚，将以一幅画回赠，以为是中日文人交际的佳话。我便想说明，我所送的是一块砖，送他的缘因是多年旧识，非为文人之故，不觉词费，写了三张稿纸。秋分节是二十四日，过了两天，宫崎先生来访，给我送来铁斋的那幅画。这是一个摺扇面，裱作立轴，上画作四人，一绿衣以爪杖搔背，一红衣以纸撚刺鼻，一绿衣蓝裑挑耳，一红衣脱巾两手抓发，座前置香炉一，茶碗三，纸二枚。上端题曰：

经月得楼飕，头懒垢不鬒，树间一梳理，道与精神会。痒处搔不及，赖有童子手，精微不可传，龁齿一转首。呿口眼尾垂，欲喷将未发，竟以纸用事，快等船出闸。耳痒欲拈去，猛省须用明，注目深探之，疏快满须发。右李成德画理发搔背刺喷明耳四畅图赞，觉范所作，铁斋写并录。赞一末句会字，赞四次句省用字，均脱，今照《石门文字禅》卷十四原本补入。案南唐王齐翰有《挑耳图》，似此种图画古已有之，列为四畅，或始于李成德乎。据《清河书画舫》云，王画法学吴道子，李不知如何，唯飘逸之致则或者为铁斋所独有，但自己不懂画更甚于诗，亦不敢多作妄言也。铁斋生于天保七年（清道光十六年），大正十三年（民国十三年）除夕卒，寿八十九岁，唯《荣启期带索图》为其绝笔，则已署年九十矣。

十月一日再记

怀旧

1922年8月24日刊《晨报副镌》。

读了郝秋圃君的杂感《听一位华侨谈话》，不禁引起我的怀旧之思。我的感想并不是关于侨民与海军的大问题的，只是对于那个南京海军鱼雷枪炮学校的前身，略有一点回忆罢了。

海军鱼雷枪炮学校大约是以前的《封神传》式的"雷电学校"的改称，但是我在那里的时候，还叫作"江南水师学堂"，这已是二十年前的事情了。那时鱼雷刚才停办，由驾驶管轮的学生兼习，不过大家都不用心。所以我现在除了什么"白头鱼雷"等几个名词以外，差不多忘记完了。

旧日的师长里很有不能忘记的人，我是极表尊敬的，但是不便发表，只把同学的有名人物数一数罢。勋四位的杜锡珪君要算是最阔了，说来惭愧，他是我进校的那一年毕业的，所以终于"无缘识荆"。同校三年，比我们早一班毕业的里边，有中将戈克安君是有名的，又倘若友人所说不误，现任的南京海军……学校校长也是这一班的前辈了。江西派的诗人胡诗庐君与杜君是同年，只因他是管轮班，所以我还得见过他的诗稿。而于我的同班呢，还未出过如此有名的人物，而且又多未便发表，只好提出一两个故人来说说了。第一个是赵伯先君，第二个是俞榆孙君。伯先随后改入陆师学堂，死于革命运动；榆孙也改入京师医学馆，去年死于防疫。这两个朋友恰巧先后都住在管轮堂第一号，便时常联带的想起。那时刘声元君也在那里学鱼雷，住在第二号，每日同俞君角力，这个情形还宛在目前。

学校的西北角是鱼雷堂旧址，旁边朝南有三间屋曰关帝庙，据说原来是游泳池，因为溺死过两个小的学生，总办命令把它填平，改建关帝庙，用以镇压不祥。庙里住着一个更夫，约有六十多岁，自称是个都司，每日三次往管轮堂的茶炉去取开水，经过我的铁格窗外，必定和我点头招呼，（和人家自然也是一样）有时拿了自养的一只母鸡所生的鸡蛋来兜售，小洋一角买十六个。他很喜欢和别人谈时事，他的都司大约就在那时得来，可惜我当时不知道这些谈话的价值，不大愿意同他去谈，到了现在回想起来，实在觉得可惜了。

关帝庙之东有几排洋房，便是鱼雷厂机器厂等，再往南去是驾驶堂的号舍了。鱼雷厂上午八时开门，中午休息，下午至四五时关门。厂门里边两旁放着几个红色油漆的水雷，这个庞大笨重的印象至今还留在脑里。看去似乎是有了年纪的东西，但新式的是怎么样子，我在那里终于没见过。厂里有许多工匠，每天在那里磨擦鱼雷，我听见教师说，鱼雷的作用全靠着磷铜缸的气压，所以看着他们磨擦，心想这样的擦去，不要把铜渐渐擦薄了么，不禁代为着急。不知现在已否买添，还是仍旧磨擦着那几个原有的呢？郝君杂感中云，"军火重地，严守秘密……唯鱼雷及机器场始终未参观"，与我旧有的印象截然不同，不禁使我发生了极大的今昔之感了。

水师学堂是我在本国学过的唯一的学校，所以回想与怀恋很多，一时写说不尽，现在只略举一二，纪念二十年前我们在校时的自由宽懈的日子而已。

十一年八月

怀旧之二

1922年9月27日刊《晨报副镌》。

在《青光》上见到仲贤先生的《十五年前的回忆》，想起在江南水师学堂的一二旧事，与仲贤先生所说的略有相关，便又记了出来，作这一篇《怀旧之二》。

我们在校的时候，管轮堂及驾驶堂的学生虽然很是隔膜，却还不至于互相仇视，不过因为驾驶毕业的可以做到"船主"，而管轮的前程至大也只是一个"大伻"，终于是船主的下属，所以驾驶学生的身份似乎要高傲一点了。班次的阶级，便是头班和二班或副额的关系，却更要不平，这种实例很多，现在略举一二。学生房内的用具，照例向学堂领用，但二班以下只准用一顶桌子，头班却可以占用两顶以上，陈设着仲贤先生说的那些"花瓶自鸣钟"。我的一个朋友W君同头班的C君同住，后来他迁往别的号舍，把自己固有的桌子以外又搬去C君的三顶之一。C君勃然大怒，骂道："你们即使讲革命，也不能革到这个地步。"过了几天，C君的好友K君向着W君寻衅，说"我便打你们这些康党"，几乎大挥老拳，大家都知道是桌子风潮的馀波。

　　头班在饭厅的座位都有一定，每桌至多不过六人，都是同班至好或是低级里附和他们的小友，从容谈笑的吃着，不必抢夺吞咽。阶级低的学生便不能这样的舒服，他们一听吃饭的号声，便须直奔向饭厅里去，在非头班所占据的桌上见到一个空位，赶紧坐下，这一餐的饭才算安稳到手了。在这大众奔窜之中，头班却比平常更从容的，张开两只臂膊，像螃蟹似的，在雁木形的过廊中央，大摇大摆的踱方步。走在他后面的人，不敢僭越。只能也跟着他踱，到得饭厅，急忙的各处乱钻，好像是晚上寻不着窠的鸡，好容易找到位置，一碗雪里蕻上面的几片肥肉也早已不见，只好吃一顿素饭罢了。我们几个人不佩服这个阶级制度，往往从他的臂膊间挤过，冲向前去，这一件事或者也就是革命党的一个证据罢。

　　仲贤先生的回忆中，最令我注意的是那山上的一只大狼，因为正同老更夫一样，他也是我的老相识。我们在校时，每到晚饭后常往后山上去游玩，但是因为山拗里的农家有许多狗，时以恶声相向，所以我们习惯都拿一枝棒出去。一天的傍晚我同友人L君出了学堂，向着半山的一座古庙走去，这是同学常来借了房间叉麻雀的地方。我们沿着同校舍平行的一条小路前进，两旁都生着稻麦之类，有三四尺高。走到一处十字叉口，我们看见左边横路旁伏着一只大狗，照例挥起我们的棒，他便窜去麦田里不见了。我们走了一程，到了第二个十字叉口，却又见这只狗从麦丛里露出半个身子，随即窜向前面的田里去了。我们觉得他的行为有点古怪，又看见他的尾巴似乎异常，猜想他不是寻常的狗，于是便把这一天的散步中止了。后来同学中也还有人遇见过他，因为手里有棒，大抵是他先回避了。原来过了五六年之后他还在那里，而且居然"白昼伤人"起来了。不知道他现今还健在否？很想得到机会，去向现在南京海军鱼雷枪炮学校的同学打听一声。

十天以前写了一篇，从邮局寄给报社，不知怎的中途失落了，现在重新写过，却没有先前的兴致，只能把文中的大意纪录出来罢了。

十一年九月

【附录】

十五年前的回忆（汪仲贤）

在《晨报副刊》上看见仲密先生谈江南水师学堂的事，不禁令我想起十五年前的学校生活。

仲密先生的话，大概离开现在有二十年了。他是我的老前辈，是没有见过面的同学。我与他不同的是他住在"管轮堂"，我住在"驾驶堂"。

我们在那校舍很狭小的上海私立学堂内读惯了书，刚进水师学堂觉得有许多东西看不顺眼。比我们上一辈的同学，每人占着一个大房间，里面挂了许多单条字画，桌上陈设了许多花瓶自鸣钟等东西，我们上海去的学生都称他们为"新婚式的房间"。

我们在上海私立学堂念书的时候，学生与教师之间，不分什么阶级，学生有了意见尽可以向教师发表。岂知这样舒服惯了，到了官文学校里去竟大上其当。我们这班学生是在上海考插班进去的。入学试验，数学曾考过诸等命分；谁知进了学堂，第一天上课时，那教员反来教我们1234十个亚喇伯数母。一连教了三天还没有教完，我忍不住了，对那教员说了一句："我们早已学过这些东西了，何必再来糟踏光阴呢？"这一句话，触怒了那位教师，立刻板起面孔将我大骂一顿，并说："你敢这样挺撞我，明天禀了总办，将你开除！"我怕他真的开除我，吓得我立刻回房卷了铺盖逃回上海。两个月后，同学写信告诉我，那教员已被辞退了，我才敢回进去读书。

还有一位教汉文的老夫子告诉我们说："地球有两个，一个自动，一个被动，一个叫东半球，一个叫西半球。"那时我因为怕开除，已不敢和他辩驳了。

我们住的房间门口的门槛，都踏成笔架山形，地板上都有像麻子般的焦点，二者都是老前辈在学堂留下的生活遗迹。

校中驾驶堂与管轮堂的同学隔膜得很厉害，平常不很通往来。我在校中四年多，管轮堂里只去过不满十次。据深悉水师学堂历史的人说，从前二堂的学生互相仇视，时常有决斗的事情发生。有一次最大的械斗，是借风雨操场和桅杆网边做战场，双方都殴伤了许多学生。学堂总办无法阻止，只对学生叹了几口气。不知仲密先生在学堂里的时候，可经过这件事吗？

我们驾驶堂的长方院子里，有四座砖砌的花台，每座台上有一株腊梅。我们看见腊梅花开放，就知道要预备年考了。考毕回家，腊梅花正开得茂盛的时候，明年到校上课，还可以闻得几天残香。这四株腊梅的香色，却只有驾驶堂的学生可以领略，住在管轮堂的同学是没有权利享的了。

在学堂里每日上下午上两大课，只有上午十点钟的时候得十分钟的休息。早晨吃了两三大碗稀饭，到十点钟下课，往往肚里饿得咕噜咕噜地叫；命听差到学堂门口买两个铜元山东烧饼一个铜元麻油辣椒和醋，用烧饼蘸着吃，吃得又香又辣又酸又点饥，真比山珍海味还鲜。后来出了学堂，便没机会尝过美味了。

仲密先生说的老更夫，我还看见的。他仍旧很康健，仍爱与人谈长毛故事。有几个小同学因他深夜里在关帝庙出入打更，很佩服他的胆子大，常向他打听"可见过鬼吗？"他说生平只有一次在饭厅旁边看见过一个黑影。他又说见怪不怪，其怪自退，所以他打更不怕鬼。我因为住的房间是在驾驶堂的东九号，窗外没有走廊，他也不常走进驾驶堂，所以我不能天天看见他，我对于他的感情也没有仲密先生与他的深。

我自幼生长在都市里，到了南京看见学堂后面的一带小山便十分欢喜；每逢生活烦闷的时候，便托故请了假独自到小山去闲逛。高兴的时候，可以越山过岭一直走到清凉山才回来。有一次，我也是一个人，跑到一个小山顶上的栗子树林下睡着了一大觉，及至醒后下山，看见一处白墙上贴着一张"警告行人"的招贴，说是本段山内近来出了一只大狼，时常白昼出来伤人……我看罢惊得一身冷汗，以后就不敢独自入山了。

我们临出学堂的时候，曾到鱼雷堂里去抄了三星期的讲义。我们身边陈列着几个真的鱼雷，手里写的许多Torpedo字样；但是教师与学生不发一言，手里写的和座位边陈列的究竟有什么关系，老实说我至今还是一点不明白。仲密先生现在还记得"白头鱼雷"等名词，足见老前辈比我们高明得多了，因为我一向就不知道白头鱼雷是什么！

"你是海军出身的人，跳在黄浦江里总不会淹死了吧？"我听得这种问，最是头疼。没有法子，我只得用以下两种话答复他们：吃报馆饭的未必人人都会排字，吃唱戏饭的梅兰芳未必会打真刀真枪。"南京水师"出身的学生不会泅水，大概是受那位淹死在游泳池里小老前辈的影响罢。

辑 六

遍现有生，唯人最长生。蜉蝣及夕而死，夏蝉不知春秋。倘若优游度日，则一岁的光阴也就很是长闲了。如不知厌足，那么虽过千年也不过一夜的梦罢。在不能常住的世间，活到老丑，有什么意思？

苦口甘口

刊一九四三年十一月一日《艺文杂志》。

平常接到未知的青年友人的来信，说自己爱好文学，想从这方面努力做下去，我看了当然也喜欢，但是要写回信却觉得颇难下笔，只好暂时放下，这一搁就会再也找不出来，终于失礼了。为什么呢？这正合于一句普通的成语，叫做"一言难尽"。对于青年之弄文学，假如我是反对的，或者完全赞成的，那么回信就不难写，只须简单的一两句话就够了。但是我自己是曾经弄过一时文学的，怎么能反对人家，若是赞成却又不尽然，至少也总是很有条件的，说来话长，不能反复的写了——寄去。可是老不回覆人家也不是办法，虽然因年岁经验的差异，所说的话在青年听了多是落伍的旧话，在我总是诚意的，说了也已尽了诚意，总胜于不说，听不听别无关系，那是另一问题。现今在这里总答几句，希望对于列位或能少供参考之用。

第一件想说的是，不可以文学作职业。本来在中国够得上说职业的，只士农工商这几行，士虽然位居四民之首，为学乃是他的事业，其职业却仍旧别有所在，达则为官，现在也还称公仆，穷则还是躬耕，或隐于市井，织屦卖艺，非工则商耳。若是想以学问文章谋生，唯有给大官富贾去做门客，呼来喝去，与奴仆相去无几，不唯辱甚，生活亦不安定也。

我还记得三十五六年前，大家在东京从章太炎先生听讲小学，章先生常教训学生们说，将来切不可以所学为谋生之具，学者必须别有职业，藉以糊口，学问事业乃能独立，不至因外界的影响而动摇以至堕落。章先生自己是懂得医道的，所以他的意思以为学者最好也是看点医书，将来便以中医为职业，不但与治学不相妨，而且读书人去学习也很便利容易。章先生的教训我觉得很对，虽然现今在大学教书已经成了一种职业，教学相长，也即是做着自己的事业，与民国以前的情形很有不同了，但是这在文学上却正可应用，所以引用在这里。

中国出版不发达，没有作家能够靠稿费维持生活，文学职业就压根儿没有，此其一。即使可以有此职业了，而作家须听出版界的需要，出版界又要看社会的要求，新旧左右，如猫眼睛的转变，亦实将疲于奔命，此其二。因此之故，中国现在有志于文学的最好还是先取票友的态度，为了兴趣而下手，仍当十分的用心用力，但是决心不要下海，要知正式唱戏不是好玩的事也。

第二，弄文学也并不难，却也很不容易。古人说写文章的秘诀，是多读多作。现在即使说是新文学了，反正道理还是一样。要成为一个文学家，自然要先有文学而后乃成家，决不会有不写文学而可称文学家的，这是一定的事，所以要弄文学的人要紧的是学写文学作品，多读多作，此外并无别的方法。简单的一句话，文学家也是实力要紧，虚声是没有用的。

我们举过去的例来说，民国六年以后新文学运动轰动了一时，胡、陈、鲁、刘诸公那时都是无名之士，只是埋头工作，也不求名声，也不管利害，每月发表力作的文章，结果有了一点成绩，这在他们当初是未曾预想到的。这时代是早已过去了，这种风气或者也已改变，但是总值得称述的，总可以当作文人作家练成之一模范。这有如一队兵卒，在同一目的下人自为战，经了好些苦斗，达成目的之后，肩了步枪回来，衣履破碎，依然是个兵卒，并不是千把总，却是经过战斗，练成老兵了，随时能跳起来上前线去。这个比喻不算很好，但意思是正对的，总之文学家所要的是先造成个人；能写作有思想的文人，别的一切都在其次。

可是话又说了回来，多读多作未必一定成功，这还得尝试了来看。学画可以有课程，学满三四年之后便毕业了，即使不能算名画家，也总是画家之一，学书便不能如此，学文学也正是一样，不能说何时可以学会，也许半年，也许三年，也许终于不成。这一点要请弄文学的人预先了解，反正是票友，试试来看，唱得好固可喜，不好也就罢了，对于自己看得清，放得下，乃是必要也。

第三，须略了解中国文学的传统。无论现在文学新到那里去，总之还是用汉字写的，就这一点便逃不出传统的圈子。中国人的人生观也还以儒家思想为主流，立起一条为人生的文学的统系，其间随时加上些道家思想的分子，正好作为补偏救弊之用，使得调和渐近自然。因此中国文学的道德气是正当不过的，问题只是在于这道德观念的变迁，由人为的阶级的而进于自然的相互的关系，儒道思想之切磋与近代学术之发达都是同样的有力。

别国的未必不也是如此，现在只就中国文学来说，这里边思想的分子很是重要，文学里的东西不外物理人情，假如不是在这里有点理解，下余的只是辞句，虽是写的华美，有如一套绣花枕头，外面好看而已。在反对的一方面，还有外国的文艺思想，也要知道大概才好。外国的物事固然不是全好的，例如有人学颓废派，写几句象征派的情诗，自然也可笑，但是有些杰作本是世界的公物，各人有权利去共享，也有义务去共学的，这在文明国家便应当都有翻译介绍，与本国的古典著作一同供国民的利用。在中国却是还未办到，要学人自己费力去张罗，未免辛苦，不过这辛苦也是值得，虽然书中未必有颜如玉的美人，精神食粮总可得到不少，这于弄文学的人是比女人与酒更会有益的。

前一代的老辈假如偷看了外国书来讲新文学，却不肯译出给大家看，固然是自私的很，但是现今青年讲更新的文学，却只拿几本汉文的书来看，则不是自私而是自误了。末了再附赘两句老婆心的废话，要读外国文学须看标准名作，不可好奇立异，自找新著，反而上当，因为外国文学作品的好丑我们不能懂得，正如我们的文学也还是自己知道得清楚，外国文人如罗曼·罗兰亦未必能下判断也。

以上所说的话未免太冷一点，对于热心的青年恐怕逆耳，不甚相宜亦未可知。但是这在我是没法子的事，因为我虽不能反对青年的弄文学，赞成也是附有条件的，上边说的便是条件之一部分。假如鸦片烟可以寓禁于征，那么我的意思或者可以说是寓反对于条件罢。因为青年热心于文学，而我想劝止至少也是限制他们，这些话当然是不大咽得下去的，题目称曰苦口，即是这个意义。至于甘口，那恐怕只是题目上的配搭，本文中还未曾说到。据桂氏《说文解字义证》卷三十，鼷字下所引云：

> 《玉篇》，鼷，小鼠也，螫毒，食人及鸟兽皆不痛，今之甘口鼠也。《博物志》，鼷，鼠之最小者，或谓之甘鼠，谓其口甘，为其所食者不知觉也。

    日本《和汉三才图会》卷三十九引《本草纲目》鼷鼠条，亦如此说，和名阿末久知祢须美，汉字为甘口鼠，与中国相同。所谓甘口的典故即出于此。这在字面上正好与苦口作一对，但在事实上我只说了苦口便罢，甘口还是"恕不"了吧。或者怕得青年们的不高兴，在要收场的时候再说几句，——话虽如此，世间有《文坛登龙术》一书，可以参考，便讲授几条江湖诀，这也不是难事，不过那就是咬人不痛的把戏，何苦来呢。题目写作苦口甘口，而本文中只有苦口，甘口则单是提示出来，叫列位自己注意谨防，此乃是新式作文法之一，为鄙人所发明，近几年中只曾经用过两次者也。

民国癸未二百十日，写于阴雨中

中年

1930 年 3 月 18 日刊《益世报》。

　　虽然四川开县有二百五十岁的胡老人，普通还只是说人生百年，其实这也还是最大的整数。若是人民平均有四五十岁的寿，那已经可以登入祥瑞志，说什么寿星见了。我们乡间称三十六岁为本寿，这时候死了，虽不能说寿考，也就不是夭折。这种说法我觉得颇有意思。日本兼好法师曾说，"即使长命，在四十以内死了最为得体"，虽然未免性急一点，却也有几分道理。

　　孔子曰："四十而不惑。"吾友某君则云，人到了四十岁便可以枪毙。两样相反的话，实在原是盾的两面。合而言之，若曰，四十可以不惑，但也可以不不惑，那么，那时就是枪毙了也不足惜云尔。平常中年以后的人大抵胡涂荒谬的多，正如兼好法师所说，过了这个年纪，便将忘记自己的老丑。想在人群中胡混，执著人生，私欲益深，人情物理都不复了解，"至可叹息"是也。不过因为怕献老丑，便想得体地死掉，那也似乎可以不必。为什么呢？假如能够知道这些事情，就很有不惑的希望，让他多活几年也不碍事。所以在原则上我虽赞成兼好法师的话，但觉得实际上还可稍加斟酌，这倒未必全是为自己道地，想大家都可见谅的罢。

我决不敢相信自己是不惑，虽然岁月是过了不惑之年好久了，但是我总想努力不至于不不惑，不要人情物理都不了解。本来人生是一贯的，其中却分几个段落，如童年，少年，中年，老年，各有意义，都不容空过。譬如少年时代是浪漫的，中年是理智的时代，到了老年差不多可以说是待死堂的生活罢。然而中国凡事是颠倒错乱的，往往少年老成，摆出道学家超人志士的模样；中年以来重新来秋冬行春令，大讲其恋爱等等，这样地跟着青年跑，或者可以免于落伍之讥，实在犹如将昼作夜，"拽直照原"，只落得不见日光而见月亮，未始没有好些危险。我想最好还是顺其自然，六十过后虽不必急做寿衣，唯一只脚确已踏在坟里，亦无庸再去请斯坦那赫博士结扎生殖腺了。至于恋爱则在中年以前应该毕业，以后便可应用经验与理性去观察人情与物理，即使在市街战斗或示威运动的队伍里少了一个人，实在也有益无损，因为后起的青年自然会去补充（这是说假如少年不是都老成化了，不在那里做各种八股），而别一队伍里也就多了一个人，有如退伍兵去研究动物学，反正于参谋本部的作战计划并无什么妨害的。

话虽如此，在这个当儿要使它不发生乱调，实在是不大容易的事。世间称四十左右曰危险时期，对于名利，特别是色，时常露出好些丑态，这是人类的弱点，原也有可以容忍的地方。但是可容忍与可佩服是绝不相同的事情，尤其是无惭愧地、得意似的那样做，还仿佛是我们的模范似地那样做，那么容忍也还是我们从数十年的世故中来最大的应许，若鼓吹护持似乎可以无须了罢。我们少年时浪漫地崇拜好许多英雄，到了中年再一回顾，那些旧日的英雄，无论是道学家或超人志士，此时也都是老年中年了，差不多尽数地不是显出泥脸便即露出羊脚，给我们一个不客气的幻灭。这有什么办法呢？自然太太的计划谁也难违拗它。风水与流年也好，遗传与环境也好，总之是说明这个的可怕。这样说来，得体地活着这件事或者比得体地死要难得多，假如我们过了四十却还能平凡地生活，虽不见得怎么得体，也不至于怎样出丑，这实在要算是傲天之幸，不能不知所感谢了。

人是动物，这一句老实话，自人类发生以至地球毁灭，永久是实实在在的，但在我们人类则须经过相当年龄才能明白承认。所谓动物，可以含有科学家一视同仁的"生物"与儒教徒骂人的"禽兽"这两种意思，所以对于这一句话人们也可以有两样态度。其一，以为既同禽兽，便异圣贤，因感不满，以至悲观。其二，呼铲曰铲，本无不当，听之可也。我可以说就是这样地想，但是附加一点，有时要去综核名实言行，加以批评。本来棘皮动物不会肤如凝脂，怒毛上指栋的猫不打着呼噜，原是一定的理，毋庸怎么考核，无如人这动物是会说话的，可以自称什么家或主唱某主义等，这都是别的众生所没有的。我们如有闲一点儿，免不得要注意及此。譬如普通男女私情我们可以不管，但如见一个社会栋梁高谈女权或社会改革，却照例纳妾等等，那有如无产首领浸在高贵的温泉里命令大众冲锋，未免可笑，觉得这动物有点变质了。我想文明社会上道德的管束应该很宽，但应该要求诚实，言行不一致是一种大欺诈，大家应该留心不要上当。我想，我们与其伪善还不如真恶，真恶还是要负责任，冒危险。

我这些意思恐怕都很有老朽的气味，这也是没有法的事情。年纪一年年的增多，有如走路一站站地过去，所见既多，对于从前的意见自然多少要加以修改。这是得呢失呢，我不能说。不过，走着路专为贪看人物风景，不复去访求奇遇，所以或者比较地看得平静仔细一点也未可知。然而这又怎么能够自信呢?

十九年三月

论居丧

（希腊）路吉亚诺思著。

1930年4月30日刊《未名》终刊号。

一般人在居丧时候的行为，他的言语，以及别人安慰他的话，在好奇的观察都是值得注意的事。丧主以为这是一个可怕的打击落在他自己和死者的身上，其实是相反（这里我呼冥王夫妇为证），那死者不但是无可悲叹，或者倒是得了更好的境遇。丧家的感情实际上是全受着风俗习惯的指导。在这时候的仪注——不，但是让我先来一说民间关于死这件事的信仰，随后再看那些造成繁重礼节之动机，我们就不难明白了。

那些凡人（如哲学家称呼那一般人们）拿荷马、赫西阿特等诗人的故事当作教科书，深信地下有一深的窟窿，叫作冥土，广大阴暗，没有太阳，但很神秘地有点明亮，一切事物都可以看得清楚。冥土的王是大神宙斯的一个兄弟，名曰富老（piouton），这个名字，据一位能干的言语学家告诉我，含有颂扬他的阴财的意思。至于他的管辖的性质，他的人民的情况，据说他是统治死者一切，自他们归他支配以后，永远不能解脱，死者无论如何不准回到世上，自从天地开辟只有过二三例外，而这又是有特别紧要的理由才能办到。他的领土周围为大河所环绕，这些河名听了就叫人害怕，如哭河，火焰河等。其中最为可怕，第一妨障来人的前进的，是那苦河，如不用渡船是无人渡得过的，要徒涉是太深，要游泳是太宽，便是死鸟也是不能飞渡。在那边渡头，有一座金刚石门，冥王的侄儿哀亚珂思站在那里看守。在他旁边是一匹三个头的狗，凶狠的畜生，可是对于新来的很是和善，它只是叫或咬那想要逃走的人。河的那边是一片草原，生着水仙花，在那里只有一座泉水，专与记忆作对，因此叫作忘泉。这些详细的记录，古人一定是从这些人得来的罢，便是忒萨利亚王后亚耳该斯谛思和她的同乡布洛忒西劳思，哀格思的儿子忒修思，还有《阿迭绥亚》史诗的主人公。这些见证（他们的证明是应得我们恭敬地承受的）据我想大概都没有喝那忘泉的水，因为否则他们是不会记得的。照他们所说，最高的主权完全是在冥王夫妇的手里，但是他们也有下属，帮助治理，有如报应，苦痛，恐怖等诸神，又有赫耳美思，虽然他不常在那里伺候。司法权是交给两位总督，米诺思和拉达曼都思，都是克来忒岛人，也都是宙斯的儿子。他们打发那些善良正直的，遵守道德的人，成群地到往者原去殖民，在那里享受全福的生活。恶人呢，便都交付报应神，率引到恶人的地方，照着他的罪过去受适当的刑罚。那里有多少不同的苦刑呀！天平架，火，以及切齿的大鹰，伊克西恩在这里挂在轮子上转，西舒福思在那里滚着他的石头。我也并不忘记丹泰洛思，但是他站在别处，站在河的贴边，却是干枯的几乎是要口渴死了，那个可怜的家伙。在冥间还有那许多中等的鬼魂，他们在草原上游行，没有形体的阴影，像烟似地捉摸不着。他们的营养似乎专靠我们在墓上所供献的奠酒和祭品，因此假如在世上没有亲戚朋友活着，那么这鬼在阴间只好饿着肚子过这一世了。

（附注：伊克西恩本是国王，宙斯招他到天上去，却想引诱他的皇后，被罚到阴间缚在车轮上永久转着。西舒福思是很狡狯的英雄，他把死神捆在家里，又欺骗冥王逃回阳间，死后令转石上山，好容易辛辛苦苦地办到了，石头又滚下山去，还得重转。丹泰洛思是宙斯的儿子，作恶多端，杀了自己的儿子，煮给众神去吃，试探他们，后来罚站河边却喝不到水，头上有很好吃的果子，伸手取时又复远去。）

一般人民平常听了这些教训，感受极深，所以在一个人死了的时候，他的亲属第一件事是放一个铜元在他嘴里，好叫他拿去付那渡船钱，他们也并不想一想本地流通的是什么钱，是亚迭加，马其顿，还是哀吉亚钱呢？他们也不想到，假如拿不出渡船钱，在死者岂不更好，因为那么舟夫便不肯渡他，他就将被打发回阳间来了。他们恐怕苦河的水不适于鬼魂化装之用，把尸首洗过了，搽上最好的香料以防止腐蚀，戴上鲜花，穿上美服，摆列出去，这末了显然是一种预防，是使死者在路上不要受凉呢，或是不要光着身子去见那三头的狗罢。随后是哭泣了。女人们大声叫喊，男女同样地哭，捶胸，拔头发，抓面颊，在这时候衣服也或撕破，尘土撒在头上。这样，生存的人弄得比死者的情形要更为可怜，在他们大抵都在地上打滚碰头的时候，他一个人却阔气地穿着衣，光荣地戴着花圈，从容地躺在高高的灵床上，好像是装饰了要去迎会似的。那母亲——不，这是父亲，或者像一点也未可知，——从亲属中间迈步上前，倒在灵床上，（为增加戏剧的效力起见，我们假定这灵床上的主者是年少而且美貌）叫喊出乱七八糟的没有意义的声音，只是死尸不会说话，否则它也一定有什么回答的话要说罢。父亲随后说，个个字都悲哀的着力地说，他的儿子，他所爱的儿子，现在是没有了，他是去了，在他大限未到以前被拉去了，只剩下他老人家来悲悼他。他未曾娶妻，未曾生子，未曾到过战场，未曾扶过犁耙，未曾到得老年，他现在再也不能享乐，再也不能知道恋爱的欢娱，呜呼，再也不能同朋友在席上喝得醉醺醺了。云云，云云。他猜想他的儿子还想要这些东西，可是终想不到手了。但这也没有什么，我们知道时时有人拿了马，妾和书童，到坟上去杀掉，拿了衣服和别的装饰去烧或埋葬，意思是叫死者在冥间可以享用这些东西。且说那苦痛的老年人发表我上边所拟的哀词，或者同类的另外的话，据我想来，似乎并不是要说给他的儿子听（他的儿子是不会听见他的，即使他比斯登多耳还喊得响），又不是为他自己，因为他完全知道自己的感情，无须再嚷一遍到自己的耳朵里去。（附注：斯登多耳是古英雄，声音洪大，在希腊出征忒罗亚军中为传令官）自然的结论是，这个玩意儿是要给看客们看的。他在此时一直就没有知道他儿子是在那里，情况怎样，也并不能对于人生略加思索，因为不然他就不会不明白，人的丧失生命并不是那样的了不得的一件事了。让我们想象那儿子对判官冥王告了假，到阳世来窥望一下，来阻止这些老人的唠叨罢。他将要说道："老爹，得了罢，这样的嚷嚷是干什么？你把我噪昏了。拔头发抓脸都尽够了。你叫我是可怜的人，你实在是侮辱了一个比你更快乐更有运气的人了。你为什么这样地替我伤心？难道因为我没有像你一样，不是一个秃头，驼背，皱皮的老废物么？因为我没有活到变成老丑，没有看见过一千个月亮的圆缺，临了去到众人面前献丑么？你能够指出人生有那一点好处，是我们在阴间所缺少的么？我知道你所要说的话，衣服，好饭食，酒和女人，你以为没有这些在我一定是极不舒服的。你现在知道了么，没有饥渴是比酒肉还要好，不觉得冷是胜于许多衣服？来，我看你还需要指点，我教你这是应该怎样哭的。从新哭过罢，这样。啊，我的儿子！饥渴寒冷现在已经没有他的份了！他是去了，去到疾病的权力以外，他不再怕那热病，也不再怕仇人和暴君了。我的儿子，恋爱不能再来扰乱你的平安，损害你的健康，侵略你的钱袋了，啊，这真是大变呀！你也不会再到那可厌的老年，也不会再做你后辈的眼中钉了！——你说罢，我的哀词岂不胜过你的，在真实和荒唐这两件上岂不都比你强么。

"或者你所挂念的是地下的那漆黑的暗罢？是这个使你不安么？是你怕我封在棺材里要闷死么？你要知道，我的眼睛不久就要腐烂，或者（如你喜欢这样办）就要被火烧掉了，此后我不会看得出光明或黑暗了。这个就可以这样算了罢。但是，现在看来这些哀悼，这吹箫呀，槌胸呀，这许多无谓的叫喊呀，于我都有什么好处呢？我又要我坟上挂鲜花的圆柱什么用？你到这上面去奠酒，你想这有什么意思，你希望这酒一直滤过去沁到冥间么？至于祭品，你一定看得出，所有的滋养料都变成烟冲上天去，我们鬼魂还是依然故我，馀下来的乃是灰土，是无用的。难道你的学说是，鬼是贪吃灰的么？冥王的国土并不是那样荒芜，我们的水仙也不怎么缺乏，至于要来请求你接济粮食。因为这些寿衣和毡包，我的两腭已被结实地兜住了，否则，凭了报施者（附注：报应女神之一）的名字，我听了你所说的话，看了你所做的事，早就忍不住大笑起来了。"

说到这句，死神永久封了他的嘴唇了。

我们所说，这位死尸，斜靠躺着，用一只胳膊支住身子，这样地说。我们能够疑心他所说的不对么？可是那些傻子，自己闹得不够，还要去招专门的助手来，那是一个哀悼的艺术家，有一大堆的现成的悲伤放在手头，于是就充作这愚蠢的歌咏队的指导，供给他们哀词的题旨。这样可见人都是相像的傻子。但是在这地方，民族的特质显露出来了。希腊人焚烧他们的死人，波斯人用埋葬，印度人用釉漆，斯屈提亚人吃在肚里，埃及人做成木乃伊。在埃及，死尸好好的风干之后，仍请他坐在食桌前面，我亲自看见过，而且这也是一件很平常的事情，假如埃及人想救济自己经济困难，便可以带了他已故的兄弟或父亲到当铺里去走一趟。三角塔，坟山，圆柱，上加短命的铭词，都是显而易见的儿戏似的无用的东西。有些人却更进一步，想对那冥间的判官替死者说情，或者证明他的功业，便举行那葬时的竞技，建立颂扬的墓碑。最后的荒唐事是回丧饭，那时到场的亲戚努力安慰那父母，劝他们吃饭，他们呢，天知道，三天的斋戒已经几乎饿坏了，本来是很愿意顺从的了。一个客人说道："这要拖延多久呢？你让那去世的圣灵平安罢。假如你要悲悼，你也得吃饭才好，使得你的力气抵得过你的悲伤。"在这个当儿，便会有一对荷马的诗句，在席上传诵过去，譬如——

"就是美发的尼阿倍也不忘记吃食。"还有——

"亚伽亚人不把断食来哀悼他们的死者。"

（附注：尼阿倍因子女众多美妙，自夸胜于神母，诸子女悉为亚颇隆所射死，尼阿倍悲伤化为石。）

父母听从了劝告，虽然他们最初动手吃食似乎有点害羞，他们不愿意被人家说，丧了子女之后他们还是这样为肉体的需要所束缚。

以上是丧家所行的荒唐事之一斑，因为我不能列举这些事情的一切。这都从凡人的误解发生，以为死是人所能遭遇的最坏的一件事。

附记

路吉亚诺思（Lukianos ）生于二世纪时，本叙利亚人，在希腊罗马讲学，用希腊语作讽刺文甚多。我曾译过一篇《冥土旅行》，又《娼女问答》三篇收在《陀螺》中。原本我只有《信史》等数篇，今均据奥斯福大学英译本译出。关于此篇，福娄氏（Fowler）序文中曾云："这不必否认，他有点缺乏情感，在他分析的性情上是无足怪的，却也并不怎么愉快，他是一种紧硬而漂亮的智慧，但没有情分。他恬然地使用他的解剖刀，有时候真带着些野蛮的快乐，在《论居丧》这一篇里，他无慈悲地把家庭感情上的幕都撕碎了。"

是的，路吉亚诺思的讽刺往往是无慈悲的，有时恶辣地直刺到人家心坎里。但是我们怎么能恨他。他是那么明智地，又可说那么好意地这样做，而我们又实在值得他那样的鞭挞。正如被斯威夫德骂为耶呼（Yahoo），我们还只得洗耳恭听。这虽然或者有点被虐狂的嫌疑，我们鞭挞自己的死尸觉得还是一件痛快事，至少可以当作这荒谬万分的人类的百分之一的辩解。

（下略。）

十九年三月十五日，于北平

谈搔痒

刊一九三八年十二月十日《朔风》。

周栎园著《书影》卷四有一则云：

"有为爬痒廋语者，上些上些，下些下些，不是不是，正是正是。予闻之捧腹，因谓人曰，此言虽戏，真可喻道。及见杨道南《坐坐爬痒口号》云，手本无心痒便爬，爬时轻重几曾差，若还不痒须停手，此际何劳分付他。焦弱侯和之云，学道如同痒处爬，斯言犹自隔尘沙，须知痒处无非道，只要爬时悟法华。栖霞寺云谷老衲曰，二先生不是门外汉。予谓二公之言尚落拟议，不若廋辞之当下了彻也。"《北平笺谱》卷一载淳菁阁罗汉笺十六幅，末幅画一人以爪杖搔背，题词云：

"上些不是，下些不是。搔着恰当处，惟有自己知。"

这里不是谜语，说得更为明白，意思却是一样，未必真能喻道，或者可以作学与文的一个说明罢。梁清远著《雕丘杂录》卷十七，啬翁椠史中有一则云：

"人之于学虽根器不同，要须自证自悟始得，靠人言语终落声闻。

故程氏云，不能存养，只是说话。而佛氏亦云，自悟修行不在于诤。吾夫子云，朝闻道。亦自闻耳，不待人也。故曰，说食不饱。"普通常引《传灯录》里所说，如人饮水，冷暖自知，二语自多风趣，但搔痒之喻更为直截明了，自证自悟，正是如此耳。俗称议论肤泛为隔靴搔痒，又笑话中说糊涂人搔同卧者腿至于血出，都也说得有意义，盖如世人所说，痛可熬痒不可熬，痒得搔是大快乐，而过中又与痛邻，其间煞费斟酌也。《太平御览》三百七十引《列异传》云：

"神仙麻姑降东阳蔡经家，手爪长四寸。经意曰，此女子实好佳手，愿得以搔背。麻姑大怒，忽见经顿地两目流血。"神仙发怒固然难怪，蔡经见长爪而思搔痒，虽未免不敬，却也是人情。曾庭栋著《老老恒言》卷三杂器条下有隐背一则，文云：

"隐背，俗名搔背爬，唐李泌取松樛枝作隐背，是也。制以象牙或犀角，雕作小兜扇式，边薄如爪，柄长尺余，凡手不能到，持此搔之，最为快意。有以穿山甲制者，可解癣痒，能解毒。"据《格致镜原》五十八引《稗史类编》转引《释藏音义指归》云：

"如意者古之爪杖也，或用竹木削作人手指爪，柄可长三尺许，或背脊有痒，手不到，用以搔爬之，如人之意。"又《云仙散录》中有陶家瓶余事一则云：

"虞世南以犀如意爬痒久之，叹曰，妨吾声律半工。"以如意为搔背具颇有意思，虽然一般对于如意的解说并不如此，如屠隆著《考槃余事》卷四文房器具笺云：

"如意，古人用以指画向往或防不测，炼铁为之，长二尺有奇，上有银错，或隐或现。近有天生树枝竹鞭，磨弄如玉，不事斧凿者，亦佳。"又游具笺衣匣下云：

"匣中更带搔背竹钯并铁如意，以便取用。"可见如意与爪杖分而为
二。宋释道诚著《释氏要览》卷中云：

"如意梵云阿那律，秦言如意。指归云云，故曰如意。诚尝问译经
三藏通梵大师清沼，字学通慧大师云胜，皆云，如意之制盖心之表也，
故菩萨皆执之，状如云叶，又如此方篆书心字故，若局爪杖者，只如文
殊亦执之，岂欲搔痒也。又云，今讲僧尚执之，多私记节文祝辞于柄，
备于忽忘，要时手执目对，如人之意，故名如意，若俗官之手板，备于
忽忘，名笏也。若齐高祖赐隐士明僧绍竹根如意，梁武帝赐昭明太子木
犀如意，石季伦王敦皆执铁如意，此必爪杖也。因斯而论，则有二如
意，盖名同而用异也。"诚公所说大抵是对的，有如高僧或是仙人手执
拂子，成为一种高贵法物，但其先本只是蝇拂耳，在俗人房中仍用以赶
蚊子，儿时见有批棕榈叶为之者，制甚古朴，实胜于马尾巴也。讲经时
的如意今已不见，搔背竹钯则仍甚通行。日本寺岛良安编《和汉三才图
会》卷二十六爪杖下云：

"案爪杖用桑木作手指形，所以自搔背者，俗谓之麻姑手。麻姑，
仙女名也，《五车韵端》载麻姑山记云，王方平降蔡经家，召麻姑至，
年若十七八女子，指爪长数寸，经意其可爬痒，忽有铁鞭鞭其背，以此
故事名耳。"麻姑手读作 Makonote，今音转为 Magonote，可解作孙
儿手，或与老人更为适切，但其原语盖出于麻姑，古今解说均如此云。
北平市上今亦有售者，竹制如手状而多有六指，虬角制者稍佳，但所
谓化学制造者品终不高耳。此物终古流行，可知搔痒之亦是一急务也。
《释氏要览》卷下论剪爪引《文殊问经》云：

"爪许长一横麦，为搔痒故。"此意甚可喜。释家戒律虽极严密，却亦多顺人情处。《礼记·内则》中记子妇在父母舅姑之所的规矩，有"痒不敢搔"之语，殊令人有点为难，想起王景略辈时更不禁深为同情也。

附记

吾乡茹三樵著《越言释》二卷，卷下有乖脊一条，即是释痒字者，其文云：

"曰乖曰脊，皆背也，而今人谓痒曰乖脊，以痒不可受而背痒为尤甚也，所以背痒谁搔，汉光武至形之诏旨，为能极人情之至。然头痒而曰头乖脊，脚痒而曰脚乖脊，未免失其义矣。或曰疥脊也，凡牛马驴骡之属多疥其脊，即传所谓瘯蠡者。或又以疥终不可以为乖，则又以乖加瘰，今字书有瘰字，则愈求而愈远。又痒亦作癢，其实只是养，《诗》言中心养养是也。古人往来通问必曰无恙，恙者病也，或曰恙者虫也。然物不病不痒，不虫亦不痒。蛘，搔蛘也。"茹君以易学名家，著有《周易二闾记》等十余种，唯不佞最喜此《越言释》，曾得乾隆原刻，又光绪中啸园葛氏刊巾箱本，据杜尺庄道光中原序知当时尚有家一斋公刊本，即葛氏所从出，惜未能得。以背痒释俗语乖脊之义，很有意思，唯越语亦有分别，搔痒云搔乖脊，若呵痒则仍曰呵瘯，故乖脊与痒是两种感觉，此在别的地方不知如何分说也。

二十六年八月三十一日再记

论骂人

1930 年 11 月 3 日刊《骆驼草》26 期。

有一天，一个友人问我怕骂否。我答说，从前我骂人的时候，当然不能怕被人家回骂，到了现在不再骂人了，觉得骂更没有什么可怕了，友人说这上半是"瓦罐不离井上破"的道理，本是平常，下半的话有李卓吾的一则语录似乎可作说明。这是李氏《焚书》附录《寒灯小话》的第二段，其文如下：

是夜（案第一段云九月十三夜）怀林侍次，见有猫儿伏在禅椅之下，林曰，这猫儿日间只拾得几块带肉的骨头吃了，便知痛他者是和尚，每每伏在和尚座下而不去。和尚叹曰，人言最无义者是猫儿，今看养他顾他时，他即恋着不去，以此观之，猫儿义矣。林曰，今之骂人者动以禽兽奴狗骂人，强盗骂人，骂人者以为至重，故受骂者亦目为至重，吁，谁知此岂骂人语也。夫世间称有义者莫过于人，你看他威仪礼貌，出言吐气，好不和美，怜人爱人之状，好不切至，只是还有一件不如禽兽奴狗强盗之处。盖世上做强盗者有二，或被官司逼迫，怨气无伸，遂尔遁逃，或是盛有才力，不甘人下，倘有一个半个怜才者，使之得以效用，彼必杀身图报，不宜忘恩矣。然则以强盗骂人，是不为骂人了，是反为赞叹称美其人了也。狗虽人奴，义性尤重，守护家主，逐亦不去，不与食吃，彼亦无嗔，自去吃屎，将就度日，所谓狗不厌家贫是也。今以奴狗骂人，又岂当乎？吾恐不是以狗骂人，反是以人骂狗了也。至于奴之一字，但为人使而不足以使人者咸谓之奴。世间曷尝有使人之人哉？为君者汉唯有孝高孝文孝武孝宣耳，馀尽奴也，则以奴名人，乃其本等名号，而反怒人，何也？和尚谓禽兽畜生强盗奴狗既不足以骂人，则当以何者骂人，乃为恰当。林遂引数十种，如蛇如虎之类，俱是骂人不得者，直商量至夜分，亦竟不得。乃叹曰，呜呼，好看者人也，好相处者人也，只是一幅肚肠甚不可看不可处。林曰，果如此，则人真难形容哉。世谓人皮包倒狗骨头，我谓狗皮包倒人骨头，未审此骂何如？和尚曰，亦不足以骂人。遂去睡。

此文盖系怀林所记，《坚瓠集》甲三云："李卓吾侍者怀林甚颖慧，病中作诗数首，袁小修随笔载其一绝云，哀告太阳光，且莫急如梭，我有禅未参，念佛尚不多。亦可念也。"所论骂人的话也很聪明，要是仔细一想，人将真有无话可骂之概，不过我的意思并不是完全一样，无话可骂固然是一个理由，而骂之无用却也是别一个理由。普通的骂除了极少数的揭发阴私以外都是咒诅，例如什么杀千刀，乌焦火灭啦，什么王八兔子啦，以及辱及宗亲的所谓国骂，皆是。——有些人以为国骂是讨便宜，其实不是，我看英国克洛来（E.Crauley）所著《性与野蛮之研究》中一篇文章，悟出我们的国骂不是第一人称的直叙，而是第二人称的命令，是叫他去犯乱伦的罪，好为天地所不容，神人所共嫉，所以王八虽然也是骂的材料之一，而那种国骂中决不涉及他的配偶，可以为证。但是我自从不相信符咒以来，对于这一切诅骂也失了兴趣，觉得只可作为研究的对象，不值得认真地去计较我骂他或他骂我。我用了耳朵眼睛看见听见人家口头或纸上费尽心血地相骂，好像是见了道士身穿八卦衣手执七星木剑划破纸糊的酆都城，或是老太婆替失恋的女郎作法，拿了七支绣花针去刺草人的五官四体，常觉得有点忍俊不禁。我想天下一切事只有理与不理二法，不理便是不理，要理便干脆地打过去。可惜我们礼义之邦另有两句格言，叫作"君子动口，小人动手"，于是有所谓"口诛笔伐"的玩艺儿，这派的祖师大约是作《春秋》的孔仲尼先生，这位先生的有些言论我也还颇佩服，可是这一件事实在是不高明，至少在我看来总很缺少绅士态度了。本来人类是有点儿夸大狂的，他从四条腿爬变成两条腿走，从吱吱叫变成你好哇，又（不知道其间隔了几千或万年）把这你好哇一画一画地画在土石竹木上面，实在是不容易，难怪觉得了不得，对于语言文字起了一种神秘之感，于是而有符咒，于是而有骂，或说或写。然而这有什么用呢，在我没有信仰的人看来。出出气，这也是或种解释，不过在不见得否则要成鼓胀病的时候这个似乎也非必须。——天下事不能执一而论，凡事有如鸦片，不吃的可以不吃，吃的便非吃不可，不然便要拖鼻泪打呵欠，那么骂不骂也没有多大关系，总之只"存乎其人"罢了。

读《游仙窟》

1928 年 4 月 1 日刊《北新》2 卷 10 号。

《游仙窟》从唐代流落在日本，过了一千多年才又回到中国来，据我所见的翻印本已经有两种了：其一是川岛标点本，由北新书局出版单行；其二是陈氏慎初堂校印本，为《古佚小说丛刊》初集的第一种。

《游仙窟》在日本有抄本刻本两种。抄本中以醍醐寺本为最古，系康永三年（1344）所写，大正十五年（1926）曾由古典保存会影印行于世，此外又有真福寺本，写于文和二年（1353），比康永本要迟十年了。刻本最古者为庆安五年（1652）一卷六十五页本，有注，至元禄三年（1690）翻刻，加入和文详释，析为五卷，名为"游仙窟抄"，今所常见者大抵皆此本或其翻本也。以上各本除真福寺本无印本流传外，我都见过，川岛所印即以元禄本为根据（所用封面图案即是卷中插画之一），经我替他用醍醐寺本校过，不过其中错误还不能免。慎初堂本在卷末注云"戊辰四月海宁陈氏依日本刻本校印"，但未说明所依的是庆安本呢还是元禄本。据我看来，陈君所用的大约是元禄本，因为有几处在庆安本都不误，只有元禄本刻错或脱落了，慎初堂本也同样地错误，可以为证。

一页下一行	触事早微	卑
二页上六行	□久更深	夜
十页上九行	谁肯□相磨	重
十一下十三行	到底郎须休	即

慎初堂本还有许多字因为元禄本刻得不甚清楚，校者以意改写，反而致误，可以说是一大缺点，例如：

七页下六行	儿适换作	遞
同	太能□	生
同七行	未敢试望	承
十四下十行	余事不思望	承
十五下三行	一臂枕头	支（抄本）
同四行	鼻里瘊痹	瘙

日本刻本承字多写如"樣"字的右边那样子，现在校者在七页改为试字，在十四页又改作思字，有些地方（如四页下五行）又照样模刻而不改，不知有何标准。九页下二行，男女酬应词中"一生有杏"及"谁能忍捺"，原系双关字句，校者却直改作有幸及忍耐，未免索然兴尽。至于十三页下十六行，"数个袍裤异种妖摇"，本是四言二句，慎初堂本改作：

数个袍持异   □种妖蟠□

令人有意外之感。八页下七行，叙饮食处有"肉则龙肝凤髓"一句，肉字照例写别字作宍，刻本有点像完字的模样，慎初堂直书曰，"完则龙肝凤髓"，亦未免疏忽。此外校对错误亦复不少，举其一二，如：

二页下三行	水栖出于山头	木
八页上四行	谓性贪多	为
十五下三行	一喫一意快	啮
十六下十三行	联以当奴心	儿
十七上十六行	皆自送张郎	白

此外有些刻本的错字可以据抄本改正的，均已在川岛本照改，读者只须参照一下，即可明白。唯川岛本亦尚有不妥处，如：

三页下九行   相着未相识

抄本作看，川岛本亦误作着。

四页上六行   孰成大礼

抄本作就，川岛本改作既，无所依据，虽然在文义上可以讲得通，亦应云疑当作既才好。

五页下九行　　　　金钗铜镮

抄本作钿，川岛本从之，但原注云女久反，可知系钮字之误，应照改。

同十六行　　　　打杀无文

抄本作打杀无文书，末字疑或系书字之误，但亦未能断定。

六页下三行　　　　奉命不敢则从娘子不是赋
　　　　　　　　　古诗云

川岛本在"不敢"下着点，疑不甚妥。察抄刻本标记句读，似应读为"敢不从命，则从娘子，不是赋，（或有缺字，）古诗云"，意思是说，"敢不从命。就请从娘子起头，这并不是做诗，只如古诗（？）云，断章取意，惟须得情。……"这虽然有点武断，但也并不是全无根据，正如陈君在《古佚小说丛刊》总目上所说，"此书以传钞日久之故，误字颇多"，有些还是和文的字法句法也混了进去，上边的"奉命不敢"，即其一。又四页下一行，"见论骂人河源道行军总管记室"，这宛字也是日本字，意思是委付，交给，不是张文成原文，不过无从替他去改正罢了。

《游仙窟》的文章有稍涉猥亵的地方，其实这也只是描写幽会的小说词曲所共通的，不算什么稀奇，倒是那些"素谜荤猜"的咏物诗等很有点儿特别。我们记起白行简的《交欢大乐赋》，觉得这类不大规矩的分子在当时文学上似乎颇有不小的势力。在中国，普通刊行的文章大都经过色厉内荏的士流之检定，所以这些痕迹在水平线上的作物上很少存留，但我们如把《大乐赋》放在这一边，又拿日本的《本朝文粹》内大江朝纲（886—958）的《男女婚姻赋》放在那一边，便可以想见这种形势。《本朝文粹》是十一世纪时日本的一部总集，是《文苑英华》似的一种正经书，朝纲还有一篇《为左丞相致吴越王书》也收在这里边。《万叶集》诗人肯引《游仙窟》的话，《文粹》里会收容"窥户无人"云云的文章，这可以说是日本人与其文章之有情味的一点。我相信这并不是什么诡辩的话。《交欢大乐赋》出在敦煌经卷之中，《游仙窟》抄本乃是"法印权大僧都宗算"所写，联想起铁山寺的和尚，我们不禁要发出微笑，但是于江户文明很有影响的五山文学的精神在这里何尝不略露端倪，这样看去我们也就不能轻轻地付之一笑了。

谈酒

昏迷，梦魇，呓语，
或是忘却现世忧患之一法门；
其实这也是有限的，
倒还不如把宇宙性命都投在
一口美酒里的耽溺之力还要强大。

这个年头儿，喝酒倒是很有意思的。我虽是京兆人，却生长在东南的海边，是出产酒的有名地方。我的舅父和姑父家里时常做几缸自用的酒，但我终于不知道酒是怎么做法，只觉得所用的大约是糯米，因为儿歌里说"老酒糯米做，吃得变nionio"——末一字是本地猪的俗语。做酒的方法与器具似乎都很简单，只有煮的时候的手法极不容易，非有经验的工人不办，平常做酒的人家大抵聘请一个人来，俗称"酒头工"，以自己不能喝酒者为最上，叫他专管鉴定煮酒的时节。有一个远房亲戚，我们叫他"七斤公公"——他是我舅父的族叔，但是在他家里做短工，所以舅母只叫他作"七斤老"，有时也听见她叫"老七斤"，是这样的酒头工，每年去帮人家做酒；他喜吸旱烟，说玩话，打麻将，但是不大喝酒（海边的人喝一两碗是不算能喝，照市价计算也不值十文钱的酒），所以生意很好，时常跑一二百里路被招到诸暨嵊县去。据他说这实在并不难，只须走到缸边屈着身听，听见里边起泡的声音切切察察的，好像是螃蟹吐沫（儿童称为蟹煮饭）的样子，便拿来煮就得了；早一点酒还未成，迟一点就变酸了。但是怎么是恰好的时期，别人仍不能知道，只有听熟的耳朵才能够断定，正如古董家的眼睛辨别古物一样。

大人家饮酒多用酒盅，以表示其斯文，实在是不对的。正当的喝法是用一种酒碗，浅而大，底有高足，可以说是古已有之的香槟杯。平常起码总是两碗，合一"串筒"，价值似是六文一碗。串筒略如倒写的凸字，上下部如一与三之比，以洋铁为之，无盖无嘴，可倒而不可筛，据好酒家说酒以倒为正宗，筛出来的不大好吃。唯酒保好于量酒之前先"荡"（置水于器内，摇荡而洗涤之谓）串筒，荡后往往将清水之一部分留在筒内，客嫌酒淡，常起争执，故喝酒老手必先戒堂倌勿荡串筒，并监视其量好放在温酒架上。能饮者多索竹叶青，通称曰"本色"，"元红"系状元红之略，则着色者，唯外行人喜饮之。在外省有所谓花雕者，唯本地酒店中却没有这样东西。相传昔时人家生女，则酿酒贮花雕（一种有花纹的酒坛）中，至女儿出嫁时用以饷客，但此风今已不存，嫁女时偶用花雕，也只临时买元红充数，饮者不以为珍品。有些喝酒的人预备家酿，却有极好的，每年做醇酒若干坛，按次第埋园中，二十年后掘取，即每岁皆得饮二十年陈的老酒了。此种陈酒例不发售，故无处可买，我只有一回在旧日业师家里喝过这样好酒，至今还不曾忘记。

我这样的喜欢谈酒，好像一定是个与"三酉"结不解缘的酒徒了。

其实却大不然。我的父亲是很能喝酒的，我不知道他可以喝多少，只记得他每晚用花生米水果等下酒，且喝且谈天，至少要花费两点钟，恐怕所喝的酒一定很不少了。但我却是不肖，不，或者可以说有志未逮，因为我很喜欢喝酒而不会喝，所以每逢酒宴我总是第一个醉与脸红的。自从辛酉患病后，医生叫我喝酒以代药饵，定量是勃阑地每回二十格阑姆，葡萄酒与老酒等倍之，六年以后酒量一点没有进步，到现在只要喝下一百格阑姆的花雕，便立刻变成关夫子了。（以前大家笑谈称作"赤化"，此刻自然应当谨慎，虽然是说笑话。）有些有不醉之量的，愈饮愈是脸白的朋友，我觉得非常可以欣羡，只可惜他们愈能喝酒便愈不肯喝酒，好像是美人之不肯显示她的颜色，这实在是太不应该了。

黄酒比较的便宜一点，所以觉得时常可以买喝，其实别的酒也未尝不好。白干于我未免过凶一点，我喝了常怕口腔内要起泡，山西的汾酒与北京的莲花白虽然可喝少许，也总觉得不很和善。日本的清酒我颇喜欢，只是仿佛新酒模样，味道不很静定。葡萄酒与橙皮酒都很可口，但我以为最好的还是勃阑地。我觉得西洋人不很能够了解茶的趣味，至于酒则很有功夫，决不下于中国。天天喝洋酒当然是一个大的漏卮，正如吸烟卷一般，但不必一定进国货党，咬定牙根要抽净丝，随便喝一点什么酒其实都是无所不可的，至少是我个人这样的想。

喝酒的趣味在什么地方？这个我恐怕有点说不明白。有人说，酒的乐趣是在醉后的陶然的境界，但我不很了解这个境界是怎样的，因为我自饮酒以来似乎不大陶然过，不知怎的我的醉大抵都只是生理的，而不是精神的陶醉。所以照我说来，酒的趣味只是在饮的时候，我想悦乐大抵在做的这一刹那，倘若说是陶然那也当是杯在口的一刻吧。醉了，困倦了，或者应当休息一会儿，也是很安舒的，却未必能说酒的真趣是在此间。昏迷，梦魇，呓语，或是忘却现世忧患之一法门；其实这也是有限的，倒还不如把宇宙性命都投在一口美酒里的耽溺之力还要强大。我喝着酒，一面也怀着"杞天之虑"，生恐强硬的礼教反动之后将引起颓废的风气，结果是借醇酒妇人以避礼教的迫害，沙宁（Sallin)时代的出现不是不可能的。但是，或者在中国什么运动都未必彻底成功，青年的反拨力也未必怎么强盛，那么杞天终于只是杞天，仍旧能够让我们喝一口非耽溺的酒也未可知。倘若如此，那时喝酒又一定另外觉得很有意思了吧？

十五年六月二十日，于北平

日记与尺牍

1925 年 3 月 9 日《语丝》17 期。

　　日记与尺牍是文学中特别有趣味的东西，因为比别的文章更鲜明的表出作者的个性。诗文小说戏曲都是做给第三者看的，所以艺术虽然更加精炼，也就多有一点做作的痕迹。信札只是写给第二个人，日记则给自己看的，（写了日记预备将来石印出书的算作例外），自然是更真实更天然的了。我自己作文觉得都有点做作，因此反动地喜看别人的日记尺牍，感到许多愉快。我不能写日记，更不善写信，自己的真相仿佛在心中隐约觉到，但要写他下来，即使想定是私密的文字，总不免还有做作，——这并非故意如此，实在是修养不足的缘故，然而因此也愈觉得别人的日记尺牍之佳妙，可喜亦可贵了。

　　中国尺牍向来好的很多，文章与风趣多能兼具，但最佳者还应能显出主人的性格。《全晋文》中录王羲之杂帖，有这两章：

　　吾顷无一日佳，衰老之弊日至，夏不得有所啖，而犹有劳务，甚劣。

不审复何似？永日多少看未？九日当采菊不？至日欲共行也，但不知当晴不耳？

我觉得这要比"奉橘三百枚"还有意思。日本诗人芭蕉（Bashō）有这样一封向他的门人借钱的信，在寥寥数语中画出一个飘逸的俳人来。

欲往芳野行脚，希惠借银五钱。此系勒借，
容当奉还。唯老夫之事，亦殊难说耳。
去来君。芭蕉。

日记又是一种考证的资料。近阅汪辉祖的《病榻梦痕录》上卷，乾隆二十年（一七五五）项下有这几句话：

绍兴秋收大歉。次年春夏之交，米价斗三百钱，丐殍载道。

同五十九年（一七九四）项下又云：

夏间米一斗钱三百三四十文。往时米价至一百五六十文，即有饿殍，今米常贵而人尚乐生，盖往年专贵在米，今则鱼虾蔬果无一不贵，故小贩村农俱可糊口。

这都是经济史的好材料，同时也可以看出他精明的性分。日本徘人一茶（Issa）的日记一部分流行于世，最新发现刊行的为《一茶旅日记》，文化元年（一八〇四）十二月中有记事云：

> 二十七日阴，买锅。
> 二十九日雨，买酱。

十几个字里贫穷之状表现无遗。同年五月项下云：

> 七日晴，投水男女二人浮出吾妻桥下。

此外还多同类的记事，年月从略：

> 九日晴，南风。妓女花井火刑。
> 二十四日晴。夜，庵前板桥被人窃去。
> 二十五日雨。所馀板桥被窃。

这些不成章节的文句却含着不少的暗示的力量，我们读了恍忽想见作者的人物及背景，其效力或过于所作的俳句。我喜欢一茶的文集《俺的春天》，但也爱他的日记，虽然除了吟咏以外只是一行半行的纪事，我却觉得他尽有文艺的趣味。

在外国文人的日记尺牍中有一两节关于中国人的文章，也很有意思，抄录于下，博读者之一粲。倘若读者不笑而发怒，那是介绍者的不好，我愿意赔不是，只请不要见怪原作者就好了。

夏目漱石日记，明治四十二年（一九〇九）

七月三日：

晨六时地震。夜有支那人来，站在栅门前说把这个开了。问是谁，来干什么，答说我你家里的事都听见，姑娘八位，使女三位，三块钱。完全像个疯子。说你走罢也仍不回去。说还不走要交给警察了，答说我是钦差，随出去了。是个荒谬的东西。

以上据《漱石全集》第十一卷译出。后面是从英译《契诃夫书简集》中抄译的一封信。

契诃夫与妹书

一八九〇年六月二十九日，在木拉伏夫轮船上。

我的舱里流星纷飞，——这是有光的甲虫，好像是电气的火光。白昼里野羊游泳过黑龙江。这里的苍蝇很大。我和一个契丹人同舱，名叫宋路理，他屡次告诉我，在契丹为了一点小事就要"头落地"。昨夜他吸鸦片烟醉了，睡梦中只是讲话，使我不能睡觉。二十七日我在契丹爱珲城近地一走。我似乎渐渐的走进一个怪异的世界里去了。轮船播动，不好写字。

明天我将到伯力了。那契丹人现在起首吟他扇上所写的诗了。

十四年三月

自己所能做的

刊一九三七年六月一日《宇宙风》。

自己所能做的是什么？这句话首先应当问，可是不大容易回答。饭是人人能吃的，但是像我这一顿只吃一碗的，恐怕这就很难承认自己是能吧。以此类推，许多事都尚待理会，一时未便画供。这里所说的自然只限于文事，平常有时还思量过，或者较为容易说，虽然这能也无非是主观的，只是想能而已。我自己想做的工作是写笔记。清初梁清远著《雕丘杂录》卷八有一则云：

余尝言，士人至今日凡作诗作文俱不能出古人范围，即有所见，自谓创获，而不知已为古人所已言矣。惟随时记事，或考论前人言行得失，有益于世道人心者，笔之于册，如《辍耕录》《鹤林玉露》之类，庶不至虚其所学，然人又多以说家杂家目之。嗟乎，果有益于世道人心，即说家杂家何不可也。

又卷十二云：

余尝论文章无裨于世道人心即卷如牛腰何益，且今人文理粗通少知运笔者即各成文集数卷，究之只堪覆瓿耳，孰过而问焉。若人自成一说家如杂抄随笔之类，或纪一时之异闻，或抒一己之独见，小而技艺之精，大而政治之要，罔不叙述，令观者发其聪明，广其闻见，岂不足传世翼教乎哉。

不佞是杂家而非说家，对于梁君的意见很是赞同，却亦有差异的地方。我不喜掌故，故不叙政治，不信鬼怪，故不纪异闻，不作史论，故不评古人行为得失。余下来的一件事便是涉猎前人言论，加以辨别，披沙拣金，磨杵成针，虽劳而无功，于世道人心却当有益，亦是值得做的工作。中国民族的思想传统本来并不算坏，他没有宗教的狂信与权威，道儒法三家只是爱智者之分派，他们的意思我们也都很能了解。道家是消极的彻底，他们世故很深，觉得世事无可为，人生多忧患，便退下来愿以不才终天年，法家则积极的彻底，治天下不难，只消道之以政，齐之以刑，就可达到统一的目的。儒家是站在这中间的，陶渊明《饮酒》诗中云：

汲汲鲁中叟，弥缝使其淳，凤鸟虽不至，礼乐暂得新。

这弥缝二字实在说得极好，别无褒贬的意味，却把孔氏之儒的精神全表白出来了。佛教是外来的，其宗教部分如轮回观念以及玄学部分我都不懂，但其小乘的戒律之精严，菩萨的誓愿之弘大，加到中国思想里来，很有一种补剂的功用。不过后来出了流弊，儒家成了士大夫，专想升官发财，逢君虐民，道家合于方士，去弄烧丹拜斗等勾当，再一转变而道士与和尚均以法事为业，儒生亦信奉《太上感应篇》矣。这样一来，几乎成了一篇糊涂账，后世的许多罪恶差不多都由此支持下来，除了抽鸦片这件事在外。这些杂糅的东西一小部分纪录在书本子上，大部分都保留在各人的脑袋瓜儿里以及社会百般事物上面，我们对他不能有什么有效的处置，至少也总当想法侦察他一番，分别加以批判。希腊古哲有言曰，要知道你自己。我们凡人虽于爱智之道无能为役，但既幸得生而为人，于此一事总不可不勉耳。

这是一件难事情，我怎么敢来动手呢。当初原是不敢，也就是那么逼成的，好像是"八道行成"里的大子，各处彷徨之后往往走到牛角里去。三十年前不佞好谈文学，仿佛是很懂得文学似的，此外关于有好许多事也都要乱谈，及今思之，腋下汗出。后乃悔悟，详加检讨，凡所不能自信的事不敢再谈，实行孔子不知为不知的教训，文学铺之类遂关门了，但是别的店呢？孔子又云，知之为知之。到底还有什么是知的呢？没有固然也并不妨，不过一样一样的减掉之后，就是这样的减完了，这在我们凡人大约是不很容易做到的，所以结果总如碟子里留着的末一个点心，让他多少要多留一会儿。我们不能干脆的画一个鸡蛋，满意而去，所以在关了铺门的路旁仍不免要去摆一小摊，算是还有点货色，还在做生意。

文学是专门学问，实是不知道，自己所觉得略略知道的只有普通知识，即是中学程度的国文，历史，生理和博物，此外还有数十年中从书本和经历得来的一点知识。这些实在凌乱得很，不新不旧，也新也旧，用一句土话来说，这种知识是叫做"三脚猫"的。三脚猫原是不成气候的东西，在我这里却又正有用处。猫都是四条腿的，有三脚的倒反而希奇了，有如刘海氏的三脚蟾，便有描进画里去的资格了。全旧的只知道过去，将来的人当然是全新的，对于旧的过去或者全然不顾，或者听了一点就大悦，半新半旧的三脚猫却有他的便利，有点像革命运动时代的老新党，他比革命成功后的青年有时更要急进，对于旧势力旧思想很不宽假，因为他更知道这里边的辛苦。我因此觉得也不敢自菲薄，自己相信关于这些事情不无一日之长，愿意尽我的力量，有所贡献于社会。

我不懂文学，但知道文章的好坏，不懂哲学玄学，但知道思想的健全与否。我谈文章，系根据自己写及读国文所得的经验，以文情并茂为贵。谈思想，系根据生物学文化人类学道德史性的心理等的知识，考察儒释道法各家的意思，参酌而定，以情理并合为上。我的理想只是中庸，这似乎是平凡的东西，然而并不一定容易遇见，所以总觉得可称扬的太少，一面固似抱残守缺，一面又像偏喜诃佛骂祖，诚不得已也。不佞盖是少信的人，在现今信仰的时代有点不大抓得住时代，未免不很合适，但因此也正是必要的，语曰，良药苦口利于病，是也。

不佞从前谈文章谓有言志载道两派，而以言志为是。或疑诗言志，文以载道，二者本以诗文分，我所说有点缠夹，又或疑志与道并无若何殊异，今我又屡言文之有益于世道人心，似乎这里的纠纷更是明白了。这所疑的固然是事出有因，可是说清楚了当然是查无实据。

我当时用这两个名称的时候的确有一种主观，不曾说得明了，我的意思以为言志是代表《诗经》的，这所谓志即是诗人各自的情感，而载道是代表唐宋文的，这所谓道乃是八大家共通的教义，所以二者是绝不相同的。现在如觉得有点缠夹，不妨加以说明云：凡载自己之道者即是言志，言他人之志者亦是载道。我写文章无论外行人看去如何幽默不正经，都自有我的道在里边，不过这道并无祖师，没有正统，不会吃人，只是若大路然，可以走，而不走也由你的。我不懂得为艺术的艺术，原来是不轻看功利的，虽然我也喜欢明其道不计其功的话，不过讲到底这道还就是一条路，总要是可以走的才行。于世道人心有益，自然是件好事，我那里有反对的道理，只恐怕世间的是非未必尽与我相同，如果所说发其聪明，广其闻见，原是不错，但若必以江希张为传世而叶德辉为翼教，则非不佞之所知矣。

一个人生下到世间来不知道是偶然的还是必然的，但是无论如何，在生下来以后那总是必然的了。凡是中国人不管先天后天上有何差别，反正在这民族的大范围内没法跳得出，固然不必怨艾，也并无可骄夸，还须得清醒切实的做下去。国家有许多事我们固然不会也实在是管不着，那么至少关于我们的思想文章的传统可以稍加注意，说不上研究，就是辨别批评一下也好，这不但是对于后人的义务也是自己所有的权利，盖我们生在此地此时实是一种难得的机会，自有其特殊的便宜，虽然自然也就有其损失，我们不可不善自利用，庶不至虚负此生，亦并对得起祖宗与子孙也。语曰，秀才人情纸一张。又曰，千里送鹅毛，物轻情意重。如有力量，立功固所愿，但现在所能止此，只好送一张纸，大家莫嫌微薄，自己却也在警戒，所写不要变成一篇寿文之流才好耳。

廿六年四月廿四日，在北京书